AF435797

Dedicado a todos aquellos
que creen en monstruos.

UUTOPICAA
NATHALIA TÓRTORA
LA
NIÑA
QUE
LUCHABA
CONTRA
MONSTRUOS

NATHALIA TÓRTORA
(UUTOPICAA)

LA NIÑA QUE LUCHABA CONTRA MONSTRUOS

PRIMERA EDICIÓN, 2019

ISBN: 9798682428069
INDEPENDENTLY PUBLISHED

ILUSTRACIONES PRINCIPALES Y DE TAPA:
DÉBORA HUENTRUL

IMÁGENES DECORATIVAS:
FREEPIK.COM

CORRECCIÓN Y MAQUETACIÓN:
NATHALIA TÓRTORA

SÁBADO

HAY UN <u>MONSTRUO</u> DEBAJO DE MI CAMA.
GRUÑE CUANDO TIENE HAMBRE,
ASÍ QUE LE SUELO DEJAR GALLETITAS
PARA QUE NO ME COMA A MÍ
DURANTE LAS NOCHES.

MI MAMÁ NO ME CREE CUANDO LE DIGO
QUE NECESITO DEJAR LA LUZ
ENCENDIDA PARA PROTEGERME;
NO SÉ POR QUÉ, PERO ELLA NUNCA
CREE EN *LO* QUE LE DIGO.
NO PUEDE VER NI A ESTE MONSTRUO
NI A *LOS* OTROS.

¡Y ESO QUE ESTÁN POR TODOS LADOS!

CREO QUE EL MONSTRUO QUE VIVE
DEBAJO DE MI CAMA TIENE OJOS GRANDES
Y VERDES, NO ESTOY SEGURA.

A VECES ASOMA SUS GARRAS Y ME
DESTAPA MIENTRAS DUERMO.

POR SUERTE, NO LE TENGO TANTO MIEDO COMO A OTROS MONSTRUOS QUE HE VISTO, PORQUE ESTE SIEMPRE SE PORTÓ BIEN CONMIGO.

ESTOY CASI SEGURA DE QUE HAY UN MONSTRUO DEBAJO DE MI CAMA, AUNQUE MI MAMÁ DIGA QUE SOLO LO SUEÑO.

LUNES

HOY ENCONTRÉ A UN MONSTRUO EN LA ESCUELA, NUNCA ANTES LO HABÍA VISTO. LLEVABA UNA GORRA AZUL Y ERA CASI TAN ALTO COMO LOS ADULTOS.

GRITABA MUCHO CUANDO NADIE LO VEÍA, PERO SE CALLABA CUANDO LOS PROFESORES PASABAN CERCA.

ESE MONSTRUO HIZO LLORAR A UN NIÑO DE OTRO CURSO AL QUE NADIE DEFENDIÓ. LE DIJO COSAS HORRIBLES Y LOS ADULTOS NO LO NOTARON, O DECIDIERON IGNORARLO. NO SÉ. QUIZÁS EL MONSTRUO ERA INVISIBLE PARA ELLOS.

SIEMPRE PENSÉ QUE EN LA ESCUELA ESTABA A SALVO, PERO AHORA SÉ QUE TAMBIÉN HAY MONSTRUOS ALLÍ. DEBERÉ SER MÁS CUIDADOSA DURANTE LOS RECREOS.

MIÉRCOLES

MI AMIGA JOAQUINA DICE QUE NO HAY
MONSTRUOS EN SU CASA,
ASÍ QUE ESTA TARDE LA FUI A VISITAR.

MERENDAMOS JUNTAS Y, COMO BIEN DIJO
ELLA, NO HABÍA NI UN SOLO MONSTRUO
A LA VISTA.
LO MÁS PARECIDO ERA SU PERRO QUE,
DE HECHO, SE LLAMA **MONSTRUITO**
PORQUE LE GUSTA ROMPER COSAS QUE
ENCUENTRA EN EL SUELO.

¡YA DESTRUYÓ CINCO PARES
DE PANTUFLAS!

PERO MONSTRUITO NO ME ASUSTA,
ÉL ES SOLO UNA MASCOTA.

¡LO QUE DARÍA POR VIVIR TAMBIÉN EN
UNA CASA LIBRE DE MONSTRUOS!
ENVIDIO MUCHO A JOAQUINA.

JUEVES

CREO QUE MI TÍA LUCHÓ CONTRA UN
MONSTRUO. LLEGÓ A CASA HACE UNAS
HORAS, CON EL ROSTRO HÚMEDO POR
TANTO LLORAR Y CON UN PAR DE
GOLPES EN SU ROSTRO Y EN SUS BRAZOS.

¡LUCÍA ES MUY VALIENTE!
YO NO ME ATREVERÍA A LUCHAR CONTRA
LOS MONSTRUOS. ELLOS SON MUCHO MÁS
GRANDES Y FUERTES QUE YO.

AUNQUE MI TÍA PERDIÓ LA BATALLA,
SE CONVIRTIÓ EN MI HEROÍNA POR
HABERLO INTENTADO.

EN CLASE DE ARTE VOY A DIBUJARLA CON
UNA CAPA ROJA Y CON RAYOS LÁSER O
LANZANDO UNA BOLA DE FUEGO.
SI TUVIERA PODERES DE ESE ESTILO,
NO EXISTIRÍA MONSTRUO ALGUNO CAPAZ
DE VENCERLA. EL MUNDO NECESITA MÁS
ADULTOS COMO LUCÍA.

VIERNES

HOY NO HE VISTO NI UN SOLO MONSTRUO.

¡NI SIQUIERA AL DE LA ESCUELA!

ME SIENTO ALIVIADA.
¿SE HABRÁN IDO A MOLESTAR
A OTRO LADO?
OJALÁ QUE NO REGRESEN.

DE TODAS FORMAS, Y POR SI ACASO,
ANTES DE ACOSTARME PUSE UNA SILLA
CONTRA LA PUERTA DE MI HABITACIÓN.

TAMBIÉN VOY A DORMIR CON LA LUZ
ENCENDIDA. SÉ QUE LOS MONSTRUOS
PREFIEREN ATACAR EN LA OSCURIDAD.

MI ABUELA SIEMPRE DICE QUE ES MEJOR
PREVENIR QUE LAMENTAR.

SÁBADO

HACE UN RATO VI QUE EN LA
TELEVISIÓN ESTABAN PASANDO UNA
PELÍCULA SOBRE MONSTRUOS
QUE ERAN BUENOS.

¿HABRÁ ALGUNO ASÍ EN LA VIDA REAL?
TODOS LOS QUE YO HE VISTO SON
ATERRADORES Y MUY MALVADOS.
(SALVO POR EL QUE ESTÁ DEBAJO
DE MI CAMA, QUE NO SÉ CÓMO SERÁ)

EN MI EXPERIENCIA, LOS MONSTRUOS
REALES SON VILLANOS QUE LASTIMAN
A OTROS, EN ESPECIAL A LAS NIÑAS
PEQUEÑAS COMO YO.

¡QUÉ MALA PELÍCULA!
¡DEMASIADO IRREAL!
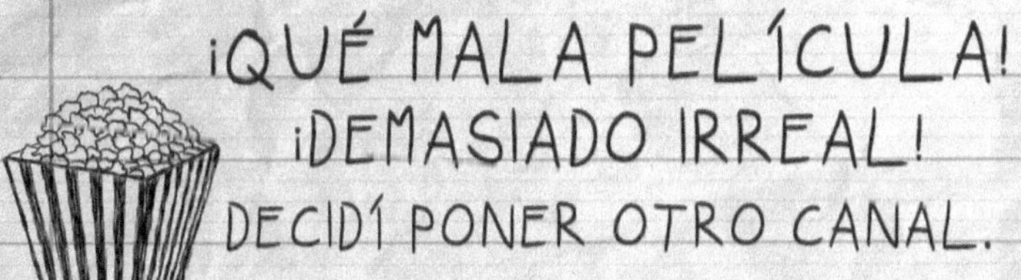
DECIDÍ PONER OTRO CANAL.

DOMINGO

HOY ES DOMINGO.
MAMÁ Y YO IREMOS A PASAR LA TARDE
AL CENTRO COMERCIAL.

¡ALLÍ ESTARÉ A SALVO!

AUNQUE SÉ QUE HAY MONSTRUOS EN
TODOS LADOS, ESTOY CONVENCIDA DE
QUE NO ME PUEDEN A ATACAR CUANDO
UN ADULTO ME ACOMPAÑA

MARTES

¡BUENAS NOTICIAS!

MI ABUELA TIENE LA RADIO ENCENDIDA Y EN EL NOTICIERO ACABAN DE DECIR QUE ATRAPARON Y ENCERRARON A UN MONSTRUO QUE ATACÓ A UNA NIÑA COMO YO EL MES PASADO.

¡SE LO MERECE!

SIEMPRE ME ALEGRA ESCUCHAR HISTORIAS EN LAS QUE LOS MONSTRUOS SON DERROTADOS; ESPERO QUE UN DÍA ATRAPEN TAMBIÉN AL QUE VIENE A MI CASA DE VEZ EN CUANDO Y AL QUE ATACÓ A LA TÍA LUCÍA.

¿QUÉ DIGO? ¡OJALÁ QUE PRONTO LOS ENCIERREN A TODOS! ¡QUE NO QUEDE NI UN SOLO MONSTRUO EN LAS CALLES!

ME GUSTARÍA PODER DORMIR CON LA LUZ APAGADA.

VIERNES

¡UN MONSTRUO ME VISITÓ
EN LA MADRUGADA!

ESCUCHÉ CÓMO ABRÍA LA PUERTA DE MI
CUARTO PARA ASOMARSE AL INTERIOR.
DIO ALGUNOS PASOS, PERO LUEGO SE
MARCHÓ SIN DECIR NADA.

SEGURO QUE LA LUZ ENCENDIDA
LO ASUSTÓ.

ESTE ES EL PEOR MONSTRUO QUE
CONOZCO, PORQUE NO PUEDO
ESCONDERME DE ÉL.

MAMÁ LO INVITA A CASA A VECES,
EMPEZÓ A HACERLO CUANDO
PAPÁ SE FUE.

ESTOY A SALVO, POR AHORA.

MARTES

DESPUÉS DE ALGUNOS DÍAS SIN TOPARME
CON MONSTRUOS, MI CAMINO VOLVIÓ A
CRUZARSE CON UNO. O ALGO ASÍ.

HACE ALGUNOS MINUTOS, EL MONSTRUO
QUE VIVE EN LA CASA DE LA ESQUINA
(QUE "SE SUPONE" ESTÁ ABANDONADA)
ME OBSERVÓ DESDE UNA DE LAS
VENTANAS CUANDO BAJÉ DEL BUS
ESCOLAR Y PASÉ POR LA ACERA. SENTÍ
UN ESCALOFRÍO Y EMPECÉ A CORRER.

NUNCA LO HE VISTO, PERO SÉ QUE
ESTÁ ALLÍ. TODOS LO SABEN.

ESCUCHÉ HISTORIAS HORRIBLES SOBRE
ÉL QUE ALGUNAS VECINAS CUENTAN
CUANDO VAN A HACER LAS COMPRAS
POR EL BARRIO.

DICEN QUE SE LLAMA EDUARDO Y QUE
TIENE UNA BARBA MUY LARGA.

DICEN TAMBIÉN QUE, EN LAS NOCHES, SALE DE SU ESCONDITE Y CAZA A LAS CHICAS JÓVENES QUE CAMINAN SOLAS PARA COMÉRSELAS.

POR SUERTE, YO SOY MUY PEQUEÑA PARA SU GUSTO TODAVÍA.

NO DEBERÍA PREOCUPARME HASTA LLEGAR AL SECUNDARIO.

MIÉRCOLES

SOSPECHO QUE TAMBIÉN HAY UN
MONSTRUO EN EL ROPERO PORQUE
LA PUERTA A VECES SE ABRE SOLA.

MAMÁ DICE QUE ES PORQUE SE ROMPIÓ
NO SÉ QUÉ COSA, PERO NO LE CREO.
ELLA NO ENTIENDE DE MONSTRUOS.
INSISTE CON SU TONTA IDEA DE QUE
LOS MONSTRUOS NO EXISTEN.

¿CÓMO PUEDE AFIRMAR ALGO ASÍ DESPUÉS
DE LO QUE LE PASÓ A LA TÍA LUCÍA?

¡ELLA MISMA HA INVITADO A UN MONSTRUO
A NUESTRA CASA MÁS DE UNA VEZ!

ME PREGUNTO CÓMO ES QUE NO LOS VE.

QUIZÁ YO TENGO SUPERPODERES
O ALGO PARECIDO,
ES LA ÚNICA EXPLICACIÓN POSIBLE.

JUEVES

HOY ME DESPERTÉ ENTRE GRITOS Y MAMÁ VINO CORRIENDO A MI CUARTO.

SOÑÉ QUE UN MONSTRUO ME ATACABA EN LA BAÑERA. SALÍA DESDE EL FONDO DEL AGUA E INTENTABA AHOGARME.

¡TENÍA COMO SEIS BRAZOS!

MAMÁ DIJO QUE DEBO MADURAR, QUE LOS MONSTRUOS NO EXISTEN Y QUE YA ESTOY GRANDE PARA TENER ESTA CLASE DE PESADILLAS.

¡ELLA NO ENTIENDE NADA!

POR MI PARTE, HE TOMADO UNA DECISIÓN: A PARTIR DE AHORA, SOLO VOY A DUCHARME.

NO CONFÍO EN LO QUE PUEDA HABER DEBAJO DE LA ESPUMA.

HAY MONSTRUOS EN TODOS LADOS.
SE DISFRAZAN PARA QUE LOS ADULTOS
NO LOS VEAN, PERO YO PUEDO
IDENTIFICARLOS SIN IMPORTAR QUÉ
CLASE DE MÁSCARA USEN.

DEBO SER ESPECIAL

(O LOS ADULTOS SON MUY TONTOS).

ESTA MAÑANA, MI TÍA ME LLEVÓ AL
DENTISTA. SU COCHE ESTÁ ROTO,
ASÍ QUE SUBIMOS A UN TREN.

ALLÍ, ENTRE LA MULTITUD, ENCONTRÉ
UN MONSTRUO QUE ESTABA HACIENDO
LLORAR A UNA MUCHACHA QUE PARECÍA
SER DEL SECUNDARIO.

NO DIJE NADA PORQUE MI TÍA TODAVÍA
TIENE MARCAS DE SU BATALLA ANTERIOR.
LOS HÉROES DEBEN RECUPERARSE ANTES
DE IR TRAS EL SIGUIENTE VILLANO.

SÁBADO
CASI DE NOCHE

EL MONSTRUO MÁS TEMIBLE QUE
CONOZCO VINO A MI CASA HACE ALGUNAS
HORAS, LLEGÓ SIN AVISAR.

¡ODIO CUANDO HACE ESO!

PARA PEOR, MAMÁ ESTABA
EN EL SUPERMERCADO.
¡Y ESTOY SEGURA DE QUE EL
MONSTRUO LO SABÍA!

YO DORMÍA UNA SIESTA CUANDO ME
VISITÓ, ME TOMÓ POR SORPRESA.
DESPERTÉ AL OÍR PASOS, PERO YA ERA
DEMASIADO TARDE PARA ESCONDERME.

CUANDO ABRÍ LOS OJOS, ÉL YA
COMENZABA CON SU ATAQUE.
HABÍA CERRADO LA PUERTA DE MI
CUARTO A SUS ESPALDAS Y EXTENDÍA
SUS GARRAS HACIA MÍ.

QUISE GRITAR, PERO NO PUDE.
ME QUEDÉ VIENDO LA SONRISA
MALVADA QUE TENÍA EN SU ROSTRO,
PENSÉ QUE QUERÍA MATARME.

SABE QUE SOY DÉBIL Y QUE NO PUEDO
DEFENDERME SOLA, DESPUÉS DE TODO.

POR FORTUNA, SOBREVIVÍ.

EL MONSTRUO DETUVO SU ATAQUE
PASADOS ALGUNOS MINUTOS.
CREO QUE SE LE ACABÓ EL TIEMPO Y
QUE SE TUVO QUE MARCHAR PORQUE
SABÍA QUE MAMÁ REGRESARÍA PRONTO.

ME ORDENÓ IR A DARME UN BAÑO Y
BAJÓ LAS ESCALERAS RUMBO A
LA SALA DE ESTAR.

SE QUEDARÁ A CENAR EN CASA ESTA
NOCHE. YO HE PERDIDO EL APETITO.

LUNES

¡OJALÁ LOS MONSTRUOS SE EXTINGAN,
COMO LOS DINOSAURIOS!

ESTA MAÑANA, MAMÁ ME HA VUELTO
A DECIR QUE LOS MONSTRUOS NO
EXISTEN.

NI SIQUIERA NOTA LAS MARCAS
OSCURAS QUE ME QUEDARON EN LAS
PIERNAS LUEGO DEL ÚLTIMO ATAQUE.

ME PREGUNTO SI EL PROBLEMA SOY YO.

QUIZÁ LOS MONSTRUOS DEJARÍAN DE
ATACARME SI YO NO PUDIERA VERLOS.

¿O SERÁ QUE ABSOLUTAMENTE TODOS
LOS ADULTOS SON MONSTRUOS
DISFRAZADOS?

¡ESPERO QUE NO!

MARTES

EN LA ESCUELA, JOAQUINA Y YO
HABLAMOS SOBRE LOS MONSTRUOS.

ELLA ME DIJO QUE NUNCA VIO UNO,
PERO QUE ME CREE, QUE SABE QUE
EXISTEN. INCLUSO ME CONTÓ
ALGO QUE OCURRIÓ EN SU
VECINDARIO EL VERANO PASADO.

AL PARECER, EN UNA CASA CERCA
DE LA DE MI AMIGA, VIVÍA UN
MONSTRUO QUE SE TORNABA
SALVAJE CUANDO BEBÍA CERVEZA.

LOS HABITANTES DE ESE HOGAR
SABÍAN QUE EL MONSTRUO ESTABA
AHÍ. PODÍAN VERLO Y SE DEFENDÍAN
A DIARIO DE SUS ATAQUES.
PERO LE TEMÍAN, ASÍ QUE NO
DECÍAN NADA. NO SE QUEJABAN
CON LA POLICÍA NI LO COMENTABAN
CON OTRAS PERSONAS.

SEGÚN JOAQUINA, EL PROBLEMA ERA QUE,
FUERA DE LA CASA, NADIE CREÍA QUE ESE
ADULTO PUDIERA SER UN MONSTRUO.

UNA NOCHE, SIN EMBARGO,
EL MONSTRUO COMETIÓ UN ERROR
QUE FUE GRABADO EN UN VIDEO.

CON PRUEBAS, LO ATRAPARON.

AHORA EL MONSTRUO ESTÁ ENCERRADO
MUY, MUY LEJOS Y NO VOLVERÁ JAMÁS.

¡ESA ES LA SOLUCIÓN A MI PROBLEMA!

¡NECESITO UNA FILMADORA!
MAMÁ POR FIN ME CREERÁ.

MALAS NOTICIAS: MAMÁ NO ME QUIERE
COMPRAR UNA CÁMARA NI UNA FILMADORA.
DICE QUE SON DEMASIADO COSTOSAS.

TAMPOCO ME QUIERE PRESTAR SU
TELÉFONO POR MÁS DE CINCO MINUTOS.
DICE QUE LO NECESITA Y QUE LO
VOY A ROMPER.

ME PASÉ LA TARDE ENTERA PENSANDO
EN POSIBILIDADES.
QUIZÁ LA TÍA LUCÍA TENGA TODAVÍA
LA VIEJA FILMADORA QUE USABA EN
NAVIDAD Y EN FIESTAS DE CUMPLEAÑOS.

LUCÍA YA DEBERÍA ESTAR RECUPERADA
DEL ATAQUE; LOS GOLPES DE LOS
MONSTRUOS, EN GENERAL, NO DURAN
MÁS DE DIEZ DÍAS.

SÁBADO

¡¿QUÉ?!

LA TÍA LUCÍA ESTÁ EN EL HOSPITAL
DESDE HACE DOS DÍAS.
¿¡POR QUÉ NUNCA ME CUENTAN NADA!?

CUANDO LA LLAMÉ, ME DIJO QUE SE
TROPEZÓ EN LAS ESCALERAS.

¡NO LE CREO!

ESTOY SEGURA DE QUE EL MONSTRUO
REGRESÓ PARA VENGARSE DE ELLA.

VOY A PREGUNTARLE A MAMÁ SI PODEMOS
IR A VISITARLA MAÑANA.
LE QUIERO LLEVAR UN CHOCOLATE O
ALGO DELICIOSO QUE LA AYUDE A
SENTIRSE MEJOR. DESPUÉS DE TODO,
LA TÍA ES MI ÚNICA ALIADA.
ANTES DE IRME A DORMIR, REZARÉ A LOS
ANGELITOS DE LA GUARDA POR ELLA.

DOMINGO

NO SIEMPRE PUDE VER MONSTRUOS.
EL PRIMERO APARECIÓ HACE CASI DOS AÑOS.
LA CRIATURA SE COMIÓ A MI TÍO Y
LO REEMPLAZÓ SIN QUE NADIE SE DIERA
CUENTA.

LO VI POR UNA PUERTA ENTREABIERTA
CUANDO FUI A VISITAR A MIS PRIMOS.

EL MONSTRUO ATACABA A ALGUIEN
CON UN CINTURÓN.
SALÍ CORRIENDO TAN RÁPIDO COMO PUDE
Y NO LOGRÉ VER BIEN LO QUE PASABA.
PERO NO ERA MI TÍO, ÉL NO HARÍA ALGO
TAN HORRIBLE.

DESDE ESA NOCHE VEO MONSTRUOS EN
TODOS LADOS. ELLOS SABEN QUE LOS
RECONOZCO, POR ESO ME ATACAN.

AHORA QUE LA TÍA TAMBIÉN DESCUBRIÓ
AL IMPOSTOR, TAMPOCO ESTÁ A SALVO.

MIÉRCOLES

JOAQUINA TUVO UNA IDEA EXCELENTE.

CREAREMOS LA: ASOCIACIÓN
CONTRA ORROROSOS
MONSTRUOS ADULTOS.
Y SÍ, NO LE PONEMOS "H" A
"HORROROSOS" PORQUE ACOMA
SUENA MEJOR QUE ACHMA
(ESO PARECE UN ESTORNUDO. ¿NO?)
PROMETO QUE SE LO EXPLICAÉ A LOS
QUE SE QUIERAN UNIR.

SERÁ UNA ASOCIACIÓN SECRETA.
SOLO NIÑOS QUE HAN SUFRIDO
ATAQUES PODRÁN INGRESAR.
JOAQUINA ES LA EXCEPCIÓN, ELLA ES MI
MEJOR AMIGA Y UNA DE LAS FUNDADORAS.

EL FIN DE SEMANA IRÉ A SU CASA PARA
DIBUJAR INVITACIONES. LA ÚNICA REGLA
ES QUE LOS ADULTOS NO DEBEN
SABER SOBRE LA ASOCIACIÓN.

JUEVES

HOY DIBUJÉ UN MONSTRUO
PARA LA CLASE DE ARTE.

LA PROFESORA DIJO QUE ERA
UN DÍA DE ILUSTRACIÓN LIBRE
Y ESA FIGURA FUE LA PRIMERA
QUE VINO A MI MENTE PORQUE TUVE
UNA PESADILLA AL RESPECTO ANOCHE.

¡NO PUDE EVITARLO!

ADEMÁS, SUPUSE QUE ME SERVIRÍA
DE PRÁCTICA PARA LOS PANFLETOS
DE LA ACOMA.

PERO ME EQUIVOQUÉ.

¡CREO QUE ME VAN A REPROBAR!
LA PROFESORA HA CITADO A MI MAMÁ
A LA ESCUELA PARA LA SEMANA
QUE VIENE.

VIERNES

DESPUÉS DE LA ESCUELA, PUDE VISITAR
A LA TÍA LUCÍA EN EL HOSPITAL.

TIENE UN OJO COMO SI FUERA UNA BOLA
DE TENIS MORADA Y UN BRAZO DE MOMIA.
LE PREGUNTÉ QUÉ LE OCURRIÓ Y ME
VOLVIÓ A MENTIR.

ELLA CULPA A LA ESCALERA, PERO A
MÍ NO ME ENGAÑA: EL MONSTRUO QUE
SE COMIÓ A MI TÍO LA ATACÓ.

LO SÉ PORQUE LE FALTA UN MECHÓN
DE CABELLO CERCA DE LA OREJA.
Y LAS ESCALERAS NO TE ARRANCAN
EL PELO. LOS MONSTRUOS HACEN ESO.

NO ENTIENDO POR QUÉ OCULTA
LO QUE PASA.

¡YA ES FIN DE SEMANA!

EL MONSTRUO QUE ES AMIGO DE MI MAMÁ LLEGÓ A CASA ESTA MAÑANA, JUSTO DESPUÉS DEL DESAYUNO.
POR SUERTE, YO TENÍA PLANEADO IR A VISITAR A JOAQUINA LUEGO DE ALMORZAR: HOY ES LA PRIMERA REUNIÓN OFICIAL DE LA ACOMA.

¡ESTOY A SALVO POR EL MOMENTO!

LE SAQUÉ LA LENGUA AL MONSTRUO ANTES DE MARCHARME. A ÉL NO LE GUSTÓ MI ATREVIMIENTO, SUS OJOS PARECÍAN LANZAR LLAMAS EN MI DIRECCIÓN.

¡ESPERO QUE NO INTENTE COMERME ESTA NOCHE CUANDO REGRESE!
TENGO MIEDO. ESO SÍ, EN EL COCHE DE MAMÁ ME SIENTO SEGURA.

LOGRÉ ESQUIVAR AL MONSTRUO.

AYER TENÍA TANTO MIEDO QUE, CUANDO TERMINAMOS DE DIBUJAR LOS PANFLETOS, LE PEDÍ A LA MAMÁ DE JOAQUINA QUE ME DEJARA QUEDARME A DORMIR EN SU CASA.
ELLA ES BUENA Y DIJO QUE SÍ.

A MI MAMÁ LE PARECIÓ UNA BUENA IDEA.

POR PRIMERA VEZ EN VARIOS DÍAS, PUDE DESCANSAR SIN TENER SUEÑOS HORRIBLES. MONSTRUITO SE ACURRUCÓ CONMIGO EN EL COLCHÓN Y AHUYENTÓ LAS PESADILLAS.

NO HABÍA SEÑALES DEL MONSTRUO CUANDO VOLVÍ A CASA HACE UN RATO.

ALIVIADA, ME ESCABULLÍ HACIA MI CUARTO Y ME ENCERRÉ, SOLO POR SI ACASO. SÉ QUE ÉL REGRESARÁ TARDE O TEMPRANO.

YA COLOQUÉ LOS CARTELES DE LA ACOMA EN MI MOCHILA, DENTRO DE MI COPIA DE PETER PAN, QUE ES UN LIBRO QUE ME GUSTA MUCHO Y QUE SÉ QUE NADIE VA A REVISAR.

MAÑANA COMENZAREMOS A RECLUTAR MIEMBROS.

MARTES

HOY ME PASÉ TODO EL DÍA CON MIEDO
POR CULPA DE LA REUNIÓN DE MI MAMÁ
CON LA PROFESORA.

ME MORDÍ LAS UÑAS HASTA QUE
UNA ME SANGRÓ.

AL FINAL, NO OCURRIÓ NADA MALO.

MAMÁ NO PARECE ESTAR ENFADADA
CONMIGO, ASÍ QUE SUPONGO QUE
NO REPROBÉ ARTE.

SIN EMBARGO, TENGO UNA SOSPECHA
EXTRAÑA.

COMO MI MAMÁ NO CREE EN MONSTRUOS,
TAL VEZ NO VIO EL DIBUJO QUE HICE.
A SUS OJOS, EL PAPEL SEGURO
ESTABA EN BLANCO.

MIÉRCOLES

MIS PRIMOS SE QUEDARÁN EN CASA
POR ALGUNOS DÍAS.
¡SERÁ UNA PIJAMADA EXTENSA!

COMO LA TÍA LUCÍA ESTÁ EN EL
HOSPITAL Y EL FALSO TÍO
(EL MONSTRUO)
TRABAJA HASTA TARDE, VIVIREMOS
JUNTOS POR AHORA.

SUENA GENIAL, EN ESPECIAL PORQUE
LOS MONSTRUOS SOLO ATACAN A
LOS NIÑOS CUANDO ESTÁN SOLOS.

¡UY! LLEGARÁN EN UN RATO,
TENGO QUE LIMPIAR MI HABITACIÓN.

JUEVES

BARBI, MI PRIMA MÁS CHICA,
CONFIRMÓ LO QUE YO YA SABÍA:
A LA TÍA LA ATACÓ EL MONSTRUO
QUE SE COMIÓ AL TÍO. Y LUCÍA SE
DEFENDIÓ.

LOS TRES HERMANOS ESCUCHARON
LOS GRITOS DE BATALLA UNA MAÑANA,
MUY TEMPRANITO, PERO NO SE
ATREVIERON A IR AL RESCATE
PORQUE SABEN QUE LOS MONSTRUOS
SON MUY FUERTES.

MIS PRIMOS SE HAN UNIDO A LA ACOMA

SÁBADO

EL MONSTRUO QUE VISITA A MI MAMÁ
DIJO QUE BARBI SE VE MUY BONITA,
"TODO UN CARAMELO".

¡ES UNA AMENAZA!
¡UNA SEÑAL DE PELIGRO!
TENGO QUE PONERLA A SALVO.

NO LA DEJARÉ SOLA EN NINGÚN
MOMENTO, SALVO CUANDO ELLA DEBA
IR AL BAÑO.

LE PEDIRÉ A SUS HERMANOS MAYORES,
ROXY (QUE TIENE UN AÑO MÁS QUE YO)
Y RICKY (QUE YA ES CASI UN ADOLESCENTE)
QUE ME AYUDEN.

SÉ QUE ENTENDERÁN.

LUNES

EL MÉDICO DIJO QUE LA TÍA LUCÍA SALDRÁ DEL HOSPITAL EN TRES DÍAS Y MAMÁ PROMETIÓ QUE IREMOS A VISITARLA A SU CASA CUANDO ESTO OCURRA.

BUSCARÉ UNA OPORTUNIDAD PARA HABLAR CON ELLA A SOLAS Y PREGUNTARLE SI TODAVÍA TIENE LA VIEJA FILMADORA.

MARTES

JOAQUINA SOSPECHA QUE, A MANUEL,
UN CHICO UN AÑO MAYOR QUE
NOSOTRAS, TAMBIÉN LO ATACA
UN MONSTRUO EN SU CASA.

SUS COMPAÑEROS SE RÍEN DE ÉL
PORQUE A VECES HACE PIS EN LA CAMA.
YO TAMBIÉN HTENGO ACCIDENTES
DE ESA CLASE CUANDO SUEÑO QUE
UN MONSTRUO ME QUIERE COMER,
PERO NADIE LO SABE
(EXCEPTO MAMÁ)

TAMBIÉN CORRE EL RUMOR DE QUE
MANUEL TODAVÍA DUERME CON
LAS LUCES ENCENDIDAS
(COMO YO)

HABLARÉ CON ÉL MAÑANA,
DURANTE EL PRIMER RECREO.

MIÉRCOLES

EL CASO DE MANUEL NO ES COMO EL MÍO.

EL MONSTRUO QUE LO ATACABA YA
NO ESTÁ, SE MURIÓ EL AÑO PASADO.
PERO ME ASEGURÓ QUE EL MIEDO
CONTINÚA, QUE TIENE
PESADILLAS A MENUDO Y QUE
LAS LUCES PRENDIDAS SON PARA
AHUYENTAR AL FANTASMA QUE
TODAVÍA ANDA DANDO VUELTAS
POR LOS CORREDORES.

SE UNIRÁ A LA ACOMA PORQUE
QUIERE JUNTAR EL VALOR PARA
CONTARLE A SU PAPÁ SOBRE LO
QUE EL MONSTRUO QUE SE DISFRAZABA
DE SU ABUELO LE HACÍA.

TODAVÍA NO LE DIJO PORQUE SU PAPÁ
ESTÁ TRISTE DESDE QUE EL MONSTRUO
SE FUE Y A MANUEL LE PREOCUPA QUE
NO LE CREAN PORQUE NO TIENE PRUEBAS.

VIERNES

MIS PRIMOS REGRESARÁN A SU CASA
ESTA NOCHE, LUEGO DE UNA CENA
FAMILIAR. NADA MALO PASÓ
EN MI CASA EN LOS ÚLTIMOS DÍAS.

AHORA QUE SE VAN, TENDRÉ QUE SER
MUY CUIDADOSA.

LUNES

CREO QUE ME ENFERMÉ.
TENGO MUCHO FRÍO Y NO DEJO DE ESTORNUDAR.

MAMÁ NO ME DEJÓ IR A LA ESCUELA, AUNQUE LLORÉ TODA LA MAÑANA PARA QUE LO PERMITIERA.

Y, COMO ELLA NO PUEDE FALTAR A SU TRABAJO, LE PIDIÓ AL MONSTRUO QUE ME CUIDARA DURANTE EL RESTO DEL DÍA.

¡ESTOY ATERRADA! ¡VOY A MORIR!

EL MONSTRUO LLEGARÁ EN CUALQUIER MOMENTO Y SE ENCERRARÁ CONMIGO EN LA HABITACIÓN. NO HABRÁ ESCAPATORIA.

SIEMPRE FUI MUY DÉBIL PARA LUCHAR CONTRA ÉL. AHORA, ENCIMA, ESTOY ENFERMA. NO SÉ SI LOGRARÉ SIQUIERA ESCONDERME.

SI TUVIERA UN TELÉFONO PROPIO, LLAMARÍA A JOAQUINA PARA AVISARLE QUE, SI MAÑANA NO VOY A LA ESCUELA, ES PORQUE EL MONSTRUO ME DEVORÓ.

¡AY! ME DUELE LA CABEZA. NECESITO TRABAR LA PUERTA DE MI CUARTO ANTES DE QUE SEA DEMASIADO TARDE.

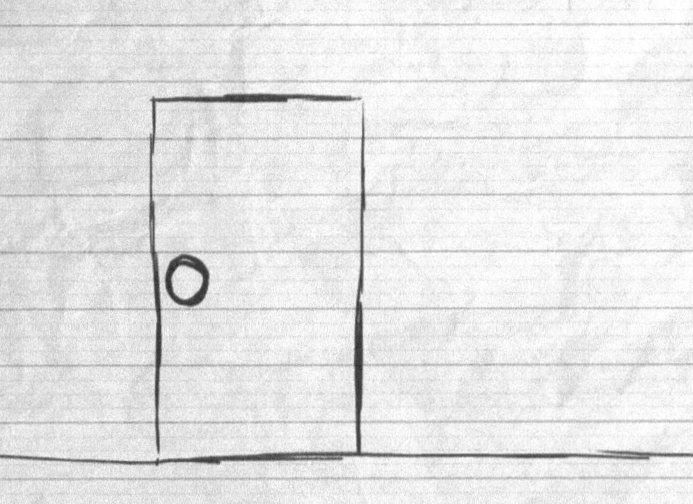

MARTES

CREO QUE TENGO FIEBRE. NO ESTOY SEGURA. MUERO DE SUEÑO Y DE CANSANCIO, LOS OJOS ME DUELEN.

AUNQUE AYER SOBREVIVÍ A LOS ATAQUES DEL MONSTRUO, QUE NO LOGRÓ ENTRAR A MI CUARTO HASTA PASADO EL MEDIODÍA, HOY ME SIENTO TAN DÉBIL QUE TEMO DESMAYARME EN CUALQUIER MOMENTO.

POR LO MENOS, MAMÁ PROMETIÓ VENIR TEMPRANO. ESTÁ PREOCUPADA Y TRABAJARÁ SOLO ALGUNAS HORAS, ASÍ QUE EL MONSTRUO NO PODRÁ PASAR TANTO TIEMPO CONMIGO COMO AYER.

¡AY, NO! YA LLEGA,
ESCUCHO SU COCHE FUERA DE CASA.
ABRE LA PUERTA DE ENTRADA, LA CIERRA.
SUBE POR LAS ESCALERAS. GOLPEA MI PUERTA POR SI NO ESTOY SOLA.

NO RESPONDO.

EL MONSTRUO ASUME QUE DUERMO,
O ESO CREO. COLOCA SU MANO EN
EL POMO Y LO GIRA.

MIS MANOS TIEMBLAN.

EL MONSTRUO INTENTA ABRIR LA
PUERTA Y... ¡NO PUEDE!

MI TRUCO HA FUNCIONADO.
CUANDO MAMÁ SE MARCHÓ,
PUDE COLOCAR UNA SILLA COMO UN
CANDADO. LAS BARRAS DE METAL
DEL RESPALDO ENCASTRAN JUSTO
ALREDEDOR DEL POMO Y LO TRABAN.

EL MONSTRUO GRITA.
MALDICE Y GOLPEA.
SABE QUE LO HE HECHO A PROPÓSITO.
ME AMENAZA.

YO NO LE RESPONDO.

SÉ QUE INTENTARÁ ABRIR POR LA
FUERZA. SI TENGO SUERTE, SE RENDIRÁ
ANTES DE LOGRARLO. CONFÍO EN QUE
NO ROMPERÁ LA PUERTA PORQUE NO
QUIERE DELATAR SU MALDAD FRENTE
A MI MAMÁ.

TENGO SUEÑO, PERO DUDO PODER DORMIR.

NECESITO MANTENERME ALERTA POR SI
EL MONSTRUO LOGRA ABRIR LA PUERTA,
Y TAMBIÉN PARA QUITAR LA SILLA
CUANDO LLEGUE MAMÁ,
ASÍ NO SE ENFADA CONMIGO.

MARTES
ANTES DE DORMIR

EL MONSTRUO SE QUEDÓ A CENAR
CON NOSOTRAS PORQUE "ESTABA
PREOCUPADO POR MI SALUD".
¡ES UN MENTIROSO!

COMIMOS EN MI HABITACIÓN PARA QUE
YO NO ME SINTIERA SOLA.

EL MONSTRUO ME OBSEQUIÓ UN
CHOCOLATE, CREO QUE ES SU FORMA
DE DECIR: "SI TÚ NO DELATAS QUIÉN SOY,
YO NO DIRÉ QUE TE HAS ENCERRADO TODA
LA MAÑANA".

NO COMERÉ ESO. TAMPOCO DIRÉ NADA
PORQUE MAMÁ NO ME CREERÍA.

A PESAR DE TODO, FUE UN BUEN DÍA
PORQUE EL MONSTRUO NO ME ATACÓ.
CUANDO SE MARCHE, DORMIRÉ EN PAZ.
OJALÁ NO TENGA PESADILLAS.

MIÉRCOLES

LOGRÉ CONVENCER A MAMÁ PARA QUE
ME DEJARA IR A LA ESCUELA.
NO QUIERO PASAR OTRO DÍA EN CASA
CON EL MONSTRUO. ¡ME NIEGO!

JOAQUINA ME ABRAZÓ CUANDO ME VIO
LLEGAR, ESTABA PREOCUPADA.
¡Y ME DIO BUENAS NOTICIAS!

SU MAMÁ TIENE QUE CUBRIR UN TURNO
NOCTURNO EN SU TRABAJO Y LE VA
A PREGUNTAR A LA MÍA SI ELLA PUEDE
QUEDARSE A DORMIR EN CASA HOY.
SU PAPÁ ESTÁ DE VIAJE Y NO TIENEN
DÓNDE DEJARLA; NO QUIEREN QUE MI
AMIGA SE QUEDE SOLA TODA LA NOCHE.

ESPERO QUE NO HAYA PROBLEMAS.
ME ENCANTARÍA DORMIR CON ELLA
EN MI CUARTO.
EL MONSTRUO NO ATACA A LAS
NIÑAS QUE ESTÁN EN GRUPO.

¡JOAQUINA PUEDE QUEDARSE
A DORMIR EN CASA ESTA NOCHE!

MI MEJOR AMIGA DIJO QUE QUIERE
CONOCER AL MONSTRUO. QUIERE
SABER QUIÉN ES NUESTRO ENEMIGO.
SIN EMBARGO, A ÉL HOY NO LO
INVITARON.

YO ME SIENTO ALIVIADA,
ELLA ESTÁ DECEPCIONADA.

DESPUÉS DE CENAR VAMOS A DIBUJAR
MÁS PANFLETOS DE ACOMA.

DOMINGO

HOY FUIMOS A VISITAR A LA TÍA Y
A MIS PRIMOS. LUCÍA SIGUE CON EL
BRAZO VENDADO, AHORA LLEVA
EL CABELLO CORTO COMO UN HOMBRE.
NO LE QUEDA MAL, ELLA ES HERMOSA
POR DENTRO Y POR FUERA.

LA ABRACÉ CON MUCHA FUERZA Y LE
DIJE AL OÍDO QUE TENGO QUE HABLAR
CON ELLA EN SECRETO, SIN QUE
MAMÁ O EL TÍO SE ENTEREN.
ELLA ME PROMETIÓ QUE EL PRÓXIMO
SÁBADO ME LLEVARÁ AL CINE O AL ZOO.

¡NO PUEDO ESPERAR!
CLARO QUE MIS PRIMOS TAMBIÉN VAN A
VENIR, PERO ELLOS YA SABEN SOBRE
LA ACOMA Y SOBRE LOS MONSTRUOS.
CREO QUE ES MOMENTO DE CONTARLE
A LA TÍA SOBRE EL MONSTRUO QUE
ES AMIGO DE MI MAMÁ. CONFÍO EN
QUE ELLA SÍ ME CREERÁ.

MARTES

ME DESPERTÉ DESTAPADA.

EL MONSTRUO QUE VIVE DEBAJO DE MI
CAMA SEGURO ESTABA ABURRIDO,
¡O CAPAZ TENÍA HAMBRE!

HACE CASI UNA SEMANA QUE NO
LE DEJO NADA PARA COMER.

HOY LE VOY A DAR EL CHOCOLATE
QUE EL OTRO MONSTRUO ME OBSEQUIÓ.

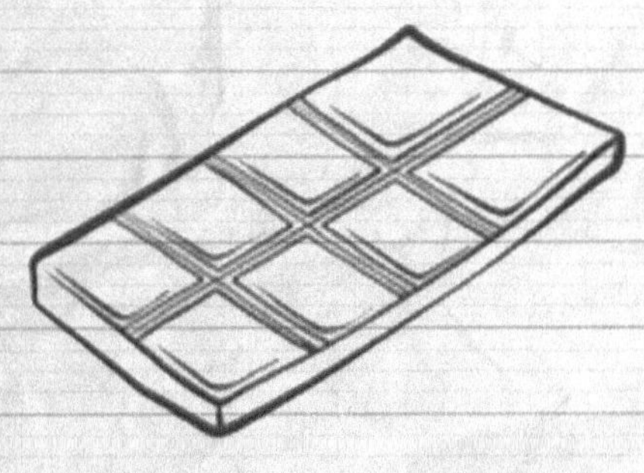

JUEVES

MANUEL ME PRESENTÓ A UNA AMIGA SUYA QUE SE LLAMA ANITA. BAH, SE LLAMA ANA, PERO LE DICEN ANITA PORQUE ES MUY BAJITA.

ELLA DICE QUE CREE QUE UN MONSTRUO ATACA A SU MAMÁ EN EL TRABAJO PORQUE MÁS DE UNA VEZ LA VIO REGRESAR A SU CASA CON MARCAS EN LOS BRAZOS Y EN LAS PIERNAS, O CON LOS OJOS ROJOS COMO SI HUBIERA LLORADO. DIJO QUE UNA VEZ INCLUSO TENÍA DEDOS DIBUJADOS EN EL CUELLO.

SU FAMILIA ES COMO LA MÍA: SIN UN PAPÁ. EL MÍO SE FUE, ELLA NUNCA CONOCIÓ AL SUYO Y NI SABE CÓMO SE LLAMA. ESO ES MUY TRISTE, MI PAPÁ ES HÉCTOR Y VIVE EN LA PLAYA, A UN PAR DE HORAS DE NUESTRA CIUDAD.

ANITA SE UNIÓ A LA ACOMA.
YA SOMOS CASI DIEZ MIEMBROS:
JOAQUINA, YO, MIS TRES PRIMOS,
MANUEL Y ANITA.

UN DÍA SEREMOS UN EJÉRCITO Y
DERROTAREMOS A LOS MONSTRUOS
DE TODO EL MUNDO.

¿QUÉ APRENDÍ EN ESTOS ÚLTIMOS DÍAS?
QUE LOS MONSTRUOS NO SOLO
ATACAN A LAS NIÑAS PEQUEÑAS.
TAMBIÉN SE COMEN A LOS NIÑOS Y A
LOS ADULTOS BUENOS
(COMO LUCÍA O LA MAMÁ DE ANITA)

SÁBADO
TEMPRANITO

LA TÍA PRONTO PASARÁ A BUSCARME
PARA IR AL ZOO. EN EL CENTRO VI UN
CARTEL QUE DICE QUE TIENEN UN
TIGRE BEBÉ QUE LAS PERSONAS
PUEDEN ACARICIAR.
¡YO QUIERO CONOCERLO!

SIEMPRE QUISE TENER UN GATO,
PERO MAMÁ ES ALÉRGICA.
MIS PRIMOS TIENEN DOS. BIZCOCHO ES
BLANCO Y NARANJA, SU COLA ES MUY
PELUDA Y SE ASUSTA FACILÍSIMO.
CARAMELO ES MARRÓN CON RAYITAS
GRISES, COMO SI TUVIERA CANAS.
¡PERO NO ES VIEJO!

CADA VEZ QUE VOY A LA CASA DE LA
TÍA JUEGO CON SUS GATOS.
ME ENCANTAN PORQUE SON CHIQUITOS
COMO YO, AUNQUE ELLOS SÍ
PUEDEN DEFENDERSE.

SI ME DEJO CRECER LAS UÑAS,
¿TENDRÉ GARRAS COMO LAS DE LOS
GATOS PARA CONTRAATACAR A LOS
MONSTRUOS?

LO INTENTARÉ.

PROMETO QUE, A PARTIR DE HOY,
DEJARÉ DE MORDERME LAS UÑAS.

SÁBADO
CASI DE NOCHE

¡YA REGRESÉ A CASA!
¡ACARICIÉ AL TIGRE BEBÉ!

ME SORPRENDIÓ NOTAR QUE MUCHOS
ANIMALES EN EL ZOO PARECÍAN
TRISTES Y QUE ME MIRABAN COMO
SI EL MONSTRUO FUERA YO.

CUANDO ME ACERCABA A SUS JAULAS,
ELLOS RETROCEDÍAN. NO ENTIENDO
POR QUÉ, SI YO NO LES HICE NADA.
CAPAZ NO LES GUSTAN LAS PERSONAS.

AL FINAL, ME DISTRAJE TANTO CON
MIS PRIMOS QUE OLVIDÉ HABLAR CON
LA TÍA LUCÍA HASTA QUE SUBIMOS A
SU COCHE PARA REGRESAR A CASA.

FUE ELLA LA QUE ME PREGUNTÓ QUÉ
ERA ESO QUE QUERÍA CONVERSAR EN
SECRETO Y SIN QUE MAMÁ SUPIERA.

PRIMERO, LE PREGUNTÉ SI ME
PRESTABA SU FILMADORA.
Y, LUEGO, CUANDO ELLA QUISO
SABER PARA QUÉ LA QUERÍA,
LE CONTÉ EN VOZ BAJITA SOBRE
EL MONSTRUO QUE ME ATACA A
VECES EN MI CASA.

LUCÍA APARCÓ Y SE PUSO A LLORAR
ANTES DE QUE YO TERMINARA DE
HABLAR. NO PUDO RESPONDERME
POR CASI MEDIA HORA.

PROMETIÓ QUE INTENTARÍA
ARREGLAR LA FILMADORA QUE HACE
UN TIEMPO QUE NO ENCIENDE.

DIJO: "HARÉ HASTA LO IMPOSIBLE POR
AYUDARTE A CAZAR A ESE MONSTRUO,
LO JURO".

CONFÍO EN ELLA.

LUNES

MAMÁ Y LA TÍA DISCUTIERON MUCHO.

LUCÍA VINO A CASA TEMPRANO,
ANTES DE QUE MAMÁ SE FUERA A
TRABAJAR. YO ME DESPERTÉ CUANDO
ESCUCHÉ SUS VOCES.
SE GRITARON MUY FUERTE. DIJERON
COSAS FEAS UNA SOBRE LA OTRA.

AL FINAL, LA TÍA SE FUE CON UN
PORTAZO Y MAMÁ SUBIÓ A MI CUARTO.
SIN DECIRME "BUENOS DÍAS" NI NADA,
ME AVISO QUE ESTOY CASTIGADA
POR SER UNA MENTIROSA.
LUEGO, SE MARCHÓ.

NI SIQUIERA ME DIJO QUÉ CLASE DE
CASTIGO ES.
¿NO PUEDO VER TELEVISIÓN?
¿NO PUEDO COMER CHOCOLATE?
NO SÉ. SUPONGO QUE ME LO VA A
EXPLICAR EN LA NOCHE.

MIÉRCOLES

VOLVÍ A LEER *PETER PAN* DE CAMINO
A LA ESCUELA, EN EL BUS.
LA HISTORIA ME HIZO NOTAR ALGO.

SI LAS PERSONAS DEJAN DE CREER EN
LAS HADAS, LAS HADAS SE MUEREN.
¿LOS MONSTRUOS FUNCIONARÁN IGUAL?
¿ES POR ESO QUE LOS ADULTOS
NO LOS PUEDEN VER?
CREO QUE ES ALGO ASÍ, PERO AL REVÉS.

ENTRE MENOS PERSONAS CREAN,
MÁS DE ELLOS HABRÁ.
PERO SI LAS PERSONAS COMIENZAN A
CREER EN MONSTRUOS,
¿LOS MONSTRUOS MORIRÁN?
¡OJALÁ QUE SÍ!

LES EXPLICARÉ ESTA TEORÍA A
JOAQUINA Y A LOS DEMÁS MIEMBROS
DE LA ACOMA.

SI LO QUE SOSPECHO ES VERDAD,
NUESTRA MISIÓN DEBERÍA SER ABRIR
LOS OJOS DE LOS ADULTOS PARA
QUE LOS MONSTRUOS DESAPAREZCAN.

TENEMOS QUE LOGRAR QUE CREAN.

¡QUÉ INTELIGENTE QUE SOY!
¡¿CÓMO NO SE ME OCURRIÓ ANTES?!

¡YO SÍ CREO EN LOS MONSTRUOS!

¡YO SÍ CREO EN LOS MONSTRUOS!

JUEVES

LA TÍA NO VOLVIÓ A MENCIONAR
SU FILMADORA. ES MÁS, NO SUPE MÁS
DE ELLA DESDE LA MAÑANA EN LA
QUE SE PELEÓ CON MAMÁ.

AL MENOS, CREO QUE MAMÁ SE
OLVIDÓ DEL CASTIGO.
NO MENCIONÓ MÁS.

LA SITUACIÓN SE COMPLICÓ CON
ESA DISCUSIÓN FAMILIAR, NECESITO
ENCONTRAR OTRA CÁMARA CUANTO
ANTES. PREGUNTARÉ A LOS MIEMBROS
DE LA ACOMA SI ALGUNO DE ELLOS
SABE DÓNDE PUEDO CONSEGUIR UNA.

VIERNES

LUEGO DE DEBATIR DURANTE TODO EL RECREO, MANUEL Y ANITA TUVIERON UNA GRAN IDEA QUE DEPENDERÁ DE JOAQUINA.

YO INVITARÉ A MI MEJOR AMIGA A CASA EL DOMINGO. LE DIREMOS A SU MAMÁ QUE QUEREMOS BAILAR Y JUGAR A QUE SOMOS FAMOSAS, QUE QUEREMOS FILMARNOS CON UNA COREOGRAFÍA, PERO QUE NECESITAMOS QUE NOS PRESTE SU FILMADORA.

JOAQUINA SE LA OLVIDARÁ "ACCIDENTALMENTE" EN MI CUARTO Y YO ME "ENFERMARÉ" JUSTO PARA EL LUNES Y/O PARA EL MARTES SIGUIENTE. MI MAMÁ TENDRÁ QUE PEDIRLE AL MONSTRUO QUE ME CUIDE, Y ÉL ACCEDERÁ. SIEMPRE LO HACE.

SI EL PLAN SALE BIEN, LA CÁMARA VA
A ESTAR ESCONDIDA EN EL ROPERO,
JUNTO CON EL OTRO MONSTRUO QUE
VIVE AHÍ ADENTRO
(¡ESPERO QUE NO SE LA COMA!)

VAMOS A FILMAR EL ATAQUE PARA
QUE LOS ADULTOS ME CREAN.
SÉ QUE ESE MONSTRUO SALE EN
CÁMARAS PORQUE APARECE EN LAS
FOTOS QUE MAMÁ TOMÓ EN MI
ÚLTIMO CUMPLEAÑOS.

SOLO DEBEMOS CONVENCER A
NUESTRAS MADRES Y ESPERAR AL
FIN DE SEMANA. OJALÁ QUE LOS
GOLPES QUE ME QUEDARON DE LA
ÚLTIMA VISITA DEL MONSTRUO DEJEN
DE DOLERME PARA ESE ENTONCES.

SÁBADO

TENGO MIEDO.
EL MONSTRUO VINO A CENAR A CASA Y,
CUANDO MAMÁ FUE AL BAÑO, ME AMENAZÓ.
VIO EL DIBUJO QUE HICE PARA LA
ESCUELA Y DIJO QUE, SI VUELVO A HACER
ALGO ASÍ, ME VOY A ARREPENTIR.

ME PREGUNTÓ QUÉ OCURRIRÍA SI MAMÁ
TUVIERA QUE ESTAR EN EL HOSPITAL
Y ÉL SE ENCARGARA DE CUIDARME POR
VARIAS SEMANAS.

NO TUVE QUE RESPONDER, YO SÉ LO
QUE PASARÍA: LO QUE SIEMPRE PASA
CUANDO ME CUIDA.

SI SUS ATAQUES ME LASTIMAN CUANDO
DURAN APENAS UN RATO,
¿CÓMO SOBREVIVIRÉ A VARIAS SEMANAS?
NO QUIERO MORIR.
NO QUIERO QUE LASTIMEN A MI MAMÁ.
¿QUÉ DEBO HACER?

TENGO SUEÑO Y LOS OJOS ME
DUELEN POR TANTO LLORAR.

MAMÁ NO ENTIENDE QUÉ ME PASA,
TAMPOCO LE PUEDO DECIR LA VERDAD.

LE DIJE QUE TUVE UNA PESADILLA
MUY FEA, ESPERO QUE ME HAYA CREÍDO.

LUNES

MANUEL DICE QUE DEBERÍA ESCAPARME
DE CASA PARA QUE NO ME LASTIMEN
MÁS, PERO NO TENGO A DÓNDE IR.
LA ÚNICA DIRECCIÓN QUE SÉ ES LA
DE LA TÍA LUCÍA, Y ELLA TAMBIÉN
VIVE CON UN MONSTRUO.

ADEMÁS, SI ME VOY, TAL VEZ EL
MONSTRUO ATAQUE A MAMÁ.

ANITA CREE QUE LO MEJOR ES
DECIRLE LA VERDAD A ALGÚN ADULTO.
NO ENTIENDE QUE YA LO INTENTÉ
Y QUE NADIE ME CREE,
QUE NUNCA ME CREEN.

LE EXPLIQUÉ QUE LUCÍA ES LA
ÚNICA QUE SÍ SABE, E INCLUSO
ELLA NO PUDO HACER NADA POR
MÍ TODAVÍA.

JOAQUINA INSISTE EN QUE NO
DEBO RENDIRME, QUE TENEMOS QUE
SEGUIR ADELANTE CON EL PLAN DE
LA GRABACIÓN, AUNQUE CON
ALGUNOS CAMBIOS.

ESO PODRÍA FUNCIONAR.

ESTOY ATERRADA.

ESPERO QUE PRONTO SEA FIN
DE SEMANA.

LUNES
A LA NOCHECHITA

HOY VISITÉ A LA ABUELA,
COCINÓ PASTA CASERA.

TAMBIÉN ME HIZO UNA PREGUNTA RARA.

DIJO: "AMORCITO MÍO, ¿ALGUNA VEZ
HAS DESEADO TENER UN HERMANITO
O HERMANITA?"

NUNCA LO HABÍA PENSADO.
YA TENGO A MIS PRIMOS Y A MI AMIGA
JOAQUINA, NO NECESITO A NADIE MÁS.

LE RESPONDÍ QUE NO, QUE ESTOY
BIEN ASÍ. NO PUDE EXPLICARLE
QUE NO TENGO SUFICIENTE FUERZA
PARA PROTEGER A UN BEBÉ CHIQUITO
DE LOS MONSTRUOS.

CREO QUE LA DECEPCIONÉ.
HIZO UNA MUECA TRISTE Y
CAMBIÓ DE TEMA.

MARTES

EXTRAÑO A MI PAPÁ.
ÉL ES BUENO, FUERTE Y VALIENTE;
ESTOY SEGURA DE QUE PUEDE
DERROTAR A CUALQUIER MONSTRUO.

CUANDO UN NIÑO EN LA ESCUELA
SE BURLÓ DE MI CABELLO, ÉL SE
ENCARGÓ DE QUE LO CASTIGARAN.

MAMÁ NO QUIERE QUE HABLE SOBRE
PAPÁ. NO SÉ A DÓNDE SE FUE O SI
REGRESARÁ A CASA.

¿SERÁ QUE DEJÓ DE QUERERME?
¿O DEJÓ DE QUERER A MAMÁ?
ELLOS SE PELEABAN MUCHO.
UNA MAÑANA, ME DESPERTÉ Y ÉL
YA NO ESTABA.

LA TÍA ME DIJO QUE PAPÁ SE MUDÓ
A LA PLAYA Y QUE LO VERÉ EN
NAVIDAD. PERO PARA ESO FALTA MUCHO.

MIÉRCOLES

¡HOY TUVE UN DÍA FANTÁSTICO!

MAMÁ ME DEJÓ INVITAR A JOAQUINA EL PRÓXIMO SÁBADO. Y LA MAMÁ DE JOAQUINA DIJO QUE PODÍAMOS USAR LA FILMADORA SI TENÍAMOS CUIDADO DE NO ROMPERLA.

ADEMÁS, ANITA TUVO UNA IDEA MUY BUENA EN EL RECREO. CUANDO ELLA ESTÉ SOLA EN SU CASA, ENCENDERÁ LA COMPUTADORA Y BUSCARÁ A VER SI ENCUENTRA EN INTERNET EL TELÉFONO NUEVO DE MI PAPÁ.

¡OJALÁ QUE LO ENCUENTRE!

QUIERO HABLAR CON ÉL Y PEDIRLE QUE ME AYUDE. ÉL ME CREERÁ SI LE HABLO SOBRE LOS MONSTRUOS.

JUEVES

MAMÁ TAMBIÉN PARECE ESTAR
MUY CONTENTA ESTA SEMANA.

SE OLVIDÓ DEL CASTIGO Y DIJO QUE
SÍ A TODO LO QUE LE PEDÍ.

¡INCLUSO ME PERMITIÓ CENAR
UN HELADO DE FRUTILLA ANOCHE!

ADEMÁS, DIJO QUE EL SÁBADO,
DESPUÉS DE QUE JOAQUINA VUELVA
A SU CASA, IREMOS A COMER A UN
RESTAURANTE MUY RICO.
NO PUEDO ESPERAR.

ALGO BUENO OCURRIÓ,
¿SE HABRÁ DESHECHO DEL MONSTRUO?
¿HABRÁ GANADO LA LOTERÍA?

VIERNES

LA DIRECTORA ME LLAMÓ A SU OFICINA CUANDO ESTÁBAMOS EN MEDIO DE LA CLASE DE MÚSICA.
PENSÉ QUE HABÍA HECHO ALGO MALO. ESTABA PREOCUPADA.

CUANDO LLEGUÉ A LA PUERTA DE LA OFICINA, ME ABRIÓ LA TÍA LUCÍA, CASI NO LA RECONOCÍ.
LLEVABA EL CABELLO TEÑIDO DE RUBIO Y PARECÍA MUY TRISTE.

ME ABRAZÓ FUERTE Y DIJO QUE SE VA DE VACACIONES CON MIS PRIMOS, PERO QUE NO ME PUEDE CONTAR A DÓNDE. ME DIO UN PAPELITO CON SU NÚMERO DE TELÉFONO SECRETO PARA QUE LA LLAME SI NECESITO ALGO.

ESTÁ PREOCUPADA POR MÍ AHORA QUE SABE SOBRE EL MONSTRUO.

PROMETÍ NO DECIRLE A NADIE SOBRE
EL TELÉFONO SECRETO
(NI SIQUIERA A MI MAMÁ)
LA TÍA SE LO COMPRÓ SIN QUE
EL MONSTRUO QUE VIVE EN SU
CASA SUPIERA.

LUCÍA ME PIDIÓ QUE SEA FUERTE Y
VALIENTE PORQUE ELLA ESTÁ
BUSCANDO AYUDA.
NO SÉ DE QUÉ CLASE, PERO SE
LO AGRADECÍ.

¡ES UNA SUPERHEROÍNA!

SÁBADO
ANTES DE LA CENA

JOAQUINA Y YO BAILAMOS EN MI
HABITACIÓN, NOS DIVERTIMOS MUCHO.
YA APRENDÍ A USAR LA FILMADORA
(MÁS O MENOS). NO ES TAN DIFÍCIL
COMO CREÍA. SOLO DEBO PRESIONAR
EL BOTÓN DE ENCENDIDO Y LUEGO
EL ROJO CUANDO CREO QUE EL
MONSTRUO VA A ATACARME.
OJALÁ QUE LA MAMÁ DE MI MEJOR
AMIGA NO NOTE QUE EL APARATO
HA QUEDADO "OLVIDADO" EN MI CASA.
AUNQUE... ES POSIBLE QUE YA NO
LO NECESITE.

¡TAL VEZ MAMÁ ME DIGA ESTA NOCHE
QUE AHORA TENEMOS UNA CASA
LIBRE DE MONSTRUOS!
SI ESO OCURRE, EL LUNES LLEVARÉ
LA FILMADORA A LA ESCUELA
PARA QUE JOAQUINA NO SE META
EN PROBLEMAS EN SU HOGAR.

POR AHORA, SOLO PUEDO ESPERAR
A QUE MAMÁ ME CUENTE POR QUÉ
ESTÁ TAN CONTENTA.

ME IRÉ A DUCHAR ANTES DE SALIR
PARA EL RESTAURANTE.
QUIERO VERME BONITA PARA RECIBIR
LAS BUENAS NOTICIAS.

SÁBADO
ANTES DE DORMIR

¡AY, NO! ¡AY, NO! ¡AY, NO!
EL MONSTRUO TAMBIÉN CENÓ CON
NOSOTRAS EN EL RESTAURANTE.

RECIBÍ TRES SORPRESAS ESTA NOCHE.
Y NINGUNA FUE BUENA.
PRIMERA: VOY A TENER UN HERMANITO
O HERMANITA EN SEIS MESES.
SEGUNDA: MAMÁ Y EL MONSTRUO SE VAN
A CASAR, ÉL VA A SER MI NUEVO PAPÁ.
TERCERA: EL MONSTRUO SE VA A
MUDAR A NUESTRA CASA ¡MAÑANA MISMO!

¡AHORA SÍ QUE NECESITO USAR ESA
FILMADORA! SI ESE PLAN NO FUNCIONA,
DEBERÉ HUIR DE CASA.
VOY A LLENAR MI MOCHILA CON ROPA Y
CON COMIDA, TAMBIÉN LLEVARÉ MIS
AHORROS. ¿A DÓNDE IRÉ? NI IDEA.
LAS MONEDAS APENAS ME VAN A
ALCANZAR PARA SUBIR AL TREN.
¡TENGO QUE LLAMAR A LA TÍA!

DOMINGO

NO HE PODIDO USAR EL TELÉFONO
EN TODO EL FIN DE SEMANA,
SIEMPRE HAY ALGUIEN CERCA.
TENDRÉ QUE ESPERAR A MAÑANA.

POR SUERTE, ME MANTUVE A SALVO.

COMO MAMÁ ESTABA EN CASA,
EL MONSTRUO NO PUDO ATACARME.
ME ASEGURÉ DE NO QUEDAR A SOLAS
CON ÉL EN NINGÚN MOMENTO
MIENTRAS DESEMPACABAN SUS COSAS.

NECESITO JUNTAR VALOR PARA
FILMARLO PRONTO.

DEBO PERMITIR QUE ME ATAQUE UNA
VEZ MÁS.

SOLO UNA VEZ MÁS...

LUNES

EN EL PRIMER RECREO NOS SENTAMOS
EN EL PATIO DE LA ESCUELA A
CONVERSAR SOBRE LO QUE PASÓ
EL FIN DE SEMANA.

RECIBÍ DOS NOTICIAS.

LA BUENA ES QUE LA MAMÁ DE
JOAQUINA TODAVÍA NO NOTÓ QUE
LE FALTA LA FILMADORA.

LA MALA ES QUE ANITA NO
ENCONTRÓ EL TELÉFONO DE PAPÁ
PORQUE HAY MUCHOS SEÑORES
EN EL PAÍS CON EL MISMO NOMBRE.

AHORA DEBO VOLVER A CASA.

DEJÉ TODO LISTO EN MI CUARTO
POR SI EL MONSTRUO DECIDE
ATACARME CUANDO REGRESE
DE SU TRABAJO.

¡AY, NO! EL PLAN FALLÓ.

EL MONSTRUO ESPERABA POR MÍ EN
LA SALA DE ESTAR Y NO ME DIO
TIEMPO DE IR A MI CUARTO A ENCENDER
LA FILMADORA.

ÉL SE TOMÓ LA SEMANA LIBRE PARA
MUDARSE A CASA CON TRANQUILIDAD.
SÉ QUE NO LO DIJO AYER A PROPÓSITO.

CUANDO VOLVÍ DE LA ESCUELA,
ÉL ESTABA SENTADO EN EL SOFÁ
MIRANDO TELEVISIÓN. SONRIÓ A
VERME Y ME LLAMÓ. ME DIJO:
"HIJITA PRECIOSA, VEN AQUÍ".

CASI ME DESMAYÉ DEL SUSTO.

ME QUEDÉ COMO ESTATUA JUNTO
A LA PUERTA. ÉL SE ENFADÓ Y
VOLVIÓ A GRITAR SU ORDEN.

JURO QUE NO PUDE MOVERME,
ASÍ QUE EL MONSTRUO SE PUSO
DE PIE Y ME ATRAPÓ.

DEBÍ HABER CORRIDO A MI HABITACIÓN,
PERO MIS PIERNAS NO SE MOVÍAN.

TENÍA TANTO MIEDO QUE ME HICE
PIS ENCIMA.
Y ESO HIZO QUE EL MONSTRUO
SE ENOJARA TODAVÍA MÁS.

ENTRE GRUÑIDOS, ME ARRASTRÓ
A LA BAÑERA.

Y NO SÉ QUÉ PASÓ LUEGO.

NO ME QUIERO ACORDAR.

MARTES

JOAQUINA DICE QUE QUIERE VENIR
A MI CASA PARA DEFENDERME,
PERO NO PUEDO PONERLA EN PELIGRO
A ELLA TAMBIÉN.

ESTE ES UN PROBLEMA QUE DEBO
SOLUCIONAR YO SOLITA,
ELLA YA HIZO MÁS QUE SUFICIENTE.

JURO QUE HOY ESTOY PREPARADA.
CUANDO LLEGUE A CASA, VOY A
CORRER HASTA MI CUARTO ANTES
DE QUE EL MONSTRUO ME ATRAPE.

CERRARÉ LA PUERTA Y ESTARÉ A SALVO.

ENCENDERÉ LA FILMADORA
Y LO DEJARÉ ENTRAR.

ESTOY LISTA.
CREO.

MARTES
POR LA NOCHE

¡LO LOGRÉ!
BUENO, CASI.

ME ENCERRÉ EN MI CUARTO ANTES
DE QUE EL MONSTRUO PUDIERA
DETENERME, PERO TENGO DEMASIADO
MIEDO COMO PARA ENCENDER LA
FILMADORA Y PERMITIR QUE ME ATAQUE.

ESTÁ TAN ENOJADO QUE SEGURO
ME VA A LASTIMAR.

¡Y TENGO GANAS DE IR AL BAÑO!
DEBO AGUANTAR. NO VOY A SALIR DE
AQUÍ HASTA QUE MAMÁ LLEGUE A CASA.

AL MENOS, AHORA SÉ QUE PUEDO SER
MÁS RÁPIDA QUE ÉL.
TAL VEZ ASÍ LOGRE FILMARLO MAÑANA.

MIÉRCOLES

ANITA ES MUY INTELIGENTE, ME
ALEGRA QUE FORME PARTE DE LA ACOMA.

ELLA DICE QUE, SI EL MONSTRUO
ME VIO CORRER AYER, HOY ME
ESPERARÁ CERCA DE LA ESCALERA
PARA QUE YO NO PUEDA VOLVER
A ENCERRARME.
TENGO QUE SORPRENDERLO.

LUEGO DE PENSARLO MUCHO, DECIDÍ
QUE LO MEJOR VA A SER MENTIRLES
A LOS ADULTOS.
SÉ QUE ESO NO SE HACE,
PERO SERÁ POR UNA BUENA CAUSA.

VOY A FINGIR QUE ME DUELE MUCHO
LA PANZA. COMO MAMÁ TRABAJA,
LA ESCUELA VA A LLAMAR A MI
ABUELA PARA QUE VENGA A
RECOGERME. Y ME QUEDARÉ EN SU
CASA HASTA LA CENA.

MIÉRCOLES
POR LA NOCHE

¡LA PROFESORA ME CREYÓ!
Y PUDE LLAMAR A LA TÍA LUCÍA!

COMO MI ABUELA ES VIEJITA, ESCUCHA
POCO. PONE LAS TELENOVELAS A
TODO VOLUMEN Y NI SE ENTERA D
LO QUE PASA A SU ALREDEDOR.
POR ESO, CUANDO LLEGUÉ A SU CASA,
FUI DIRECTO AL TELÉFONO.

LE DIJE A LA TÍA LO DEL HERMANITO
QUE VOY A TENER, LO DE LA BODA Y
LO DE LA MUDANZA DEL MONSTRUO.
TAMBIÉN LE CONTÉ SOBRE LA
FILMADORA QUE CONSEGUÍ Y CÓMO
LA VOY A USAR.
LA TÍA SE PUSO A LLORAR, PERO ME
FELICITÓ. DIJO QUE SOY MUY
VALIENTE Y QUE SOLO TENGO QUE
RESISTIR UN POQUITITO MÁS PORQUE
ELLA PRONTO REGRESARÁ CON
UNA SOLUCIÓN.

AUNQUE LE PARECIÓ MUY INTELIGENTE
MI PLAN DE LA FILMADORA, LUCÍA ME
PIDIÓ QUE TENGA CUIDADO Y QUE,
EN LO POSIBLE, EVITE AL MONSTRUO.

ELLA ASEGURA QUE NO VALE LA
PENA PONERME EN PELIGRO POR UN
PLAN QUE PUEDE SALIR MAL.

SÉ QUE TIENE RAZÓN, PERO
¡YA NO AGUANTO MÁS!
QUIERO VIVIR EN UNA CASA LIBRE
DE MONSTRUOS LO ANTES POSIBLE.

DESPUÉS DE LA LLAMADA, Y MIENTRAS
MERENDABA UNA CHOCOLATADA
CALIENTE, ME QUEDÉ PENSANDO
EN LAS PALABRAS DE LA TÍA.

ME PREGUNTO SI ESTARÁ
CONSTRUYENDO UN EJÉRCITO
ANTIMONSTRUOS O CUÁL ES SU PLAN.

JUEVES

HOY VOLVÍ A SORPRENDER AL
MONSTRUO, PERO FUE SIN QUERER.

ÉL ESTABA EN EL BAÑO CUANDO
LLEGUÉ A CASA, ASÍ QUE LOGRÉ IR
A MI HABITACIÓN EN PUNTITAS DE PIE
SIN QUE SE ENTERARA.

COMO SABE QUE PUEDO ENCERRARME,
NI SE MOLESTÓ EN GOLPEAR.

ESTABA DECIDIDA A FILMARLO,
PERO NO TUVE EL VALOR.

OTRA VEZ, EL MIEDO FUE MÁS FUERTE.

JUEVES
EN LA NOCHE TARDECITO

EL MONSTRUO ME AMENAZÓ MIENTRAS
MAMÁ Y MI HERMANITO
(QUE ESTÁ EN SU PANZA) SE BAÑABAN.

ME SORPRENDÍ CUANDO SE APROXIMÓ
EN PUNTITAS DE PIE. YO ESTABA
SECANDO LOS PLATOS DE LA CENA
Y ÉL ME TOMÓ POR EL CABELLO.
PUSO SU OTRA MANO SOBRE MI BOCA Y
ME DIJO AL OÍDO QUE TENGO QUE
DEJAR DE ESCONDERME O MI MAMÁ Y
MI HERMANITO PODRÍAN LASTIMARSE.

YA NO SOPORTO MÁS VIVIR ASÍ.
ESTOY DECIDIDA: FILMARÉ MAÑANA SÍ O SÍ.
SUBIRÉ A MI CUARTO CON PRISA Y
PRESIONARÉ EL BOTÓN PARA GRABAR
ANTES DE QUE ÉL ME ALCANCE.
NO TRABARÉ LA PUERTA.
ES LA ÚNICA SOLUCIÓN.
SALVARÉ A MAMÁ Y A MI HERMANITO.
SI SOBREVIVO, TAMBIÉN ME SALVARÉ YO.

VIERNES
O JUEVES DESPUÉS DE MEDIANOCHE, NO SÉ

DESAPARECIERON DOS MONSTRUOS,
NO SÉ A DÓNDE SE FUERON.

ME QUEDÉ TRABAJANDO EN MI PLAN
HASTA PASADA LA MEDIANOCHE, YA
TENGO TODO LISTO PARA LA FILMACIÓN.

CUANDO ABRÍ LA PUERTA DEL ARMARIO.
ALLÍ NO HABÍA MONSTRUOS. YO
ESTABA SEGURA DE HABER VISTO UNO.
SEGURO SE FUE AL VER LA FILMADORA.

CON MIEDO, VACIÉ UNA CAJA DE
JUGUETES VIEJOS Y LOS ESCONDÍ
DEBAJO DE MI CAMA.

ALLÍ TAMPOCO ENCONTRÉ UN
MONSTRUO.

FUE EXTRAÑO, PENSÉ QUE POR FIN
CONOCERÍA A LA CRIATURA QUE ME
DESTAPA CUANDO DUERMO.

TAL VEZ LOS DOS SE MUDARON PARA
QUE NO LOS FILME A ELLOS.
O QUIZÁS EL OTRO MONSTRUO ES
TAN ATERRADOR QUE ASUSTÓ A
LOS QUE YA VIVÍAN CONMIGO.

¡EN FIN! CON CUIDADO, USÉ LA TIJERA
DE PLÁSTICO DE LA ESCUELA PARA
HACER DOS AGUJERITOS EN LA CAJA:
UNO PARA EL CABLE Y OTRO PARA
QUE PUEDA FILMAR EN EL FRENTE.

ACOMODÉ EL APARATO ADENTRO Y LO
ENCENDÍ. APRETÉ EL BOTÓN DE GRABAR
Y ME SENTÉ EN EL BORDE DE LA CAMA.
HICE MUECAS CHISTOSAS A MODO DE
PRUEBA, COMO SUGIRIÓ JOAQUINA.

DESPUÉS, REVISÉ QUE SE VIERA BIEN
LO GRABADO. SALIÓ CASI PERFECTO,
AUNQUE UN POCO TORCIDO.
ME CONFORMARÉ.

SI DEJO LA CAJA CON LA FILMADORA
ADENTRO DEL ARMARIO QUE NO CIERRA,
SE VERÁ CON CLARIDAD CUANDO EL
MONSTRUO ME ATAQUE.

ESTOY LISTA PARA MAÑANA.

BUENO, EN REALIDAD NO,
PERO NO ME QUEDA OTRA OPCIÓN.

TENGO QUE SALVAR A MI FAMILIA DE
LOS ATAQUES DEL MONSTRUO.

VIERNES
EN MI ÚLTIMO RECREO

LA TÍA LUCÍA LLAMÓ A LA
ESCUELA HOY.

UNA PROFESORA ME LLEVÓ AL
DESPACHO DE LA DIRECTORA PARA
QUE PUDIÉRAMOS HABLAR POR
TELÉFONO UN RATITO.

CUANDO ATENDÍ, LA TÍA ME DIJO
QUE EL DOMINGO REGRESA A LA
CIUDAD Y QUE PRONTO SE ACABARÁN
LOS ATAQUES DEL MONSTRUO.

¡ESPERO QUE TENGA RAZÓN!

NO LE CONTÉ SOBRE MI DECISIÓN DE
FILMAR HOY, SÉ QUE ESO LA
PONDRÍA TRISTE.

¡AH! Y TAMBIÉN ME PROMETIÓ UNA
SORPRESA, SOLO ESPERO QUE NO
SEA OTRO HERMANITO O HERMANITA.

VIERNES
EN EL BUS ESCOLAR

PRONTO LLEGARÉ A CASA, TIEMBLO
POR EL MIEDO Y PORQUE EL BUS
SE MUEVE MUCHO.
SÉ QUE EL MONSTRUO ESPERA POR MÍ,
CREE QUE SU AMENAZA FUNCIONÓ Y
QUE HOY NO ME ENCERRARÉ.
TIENE RAZÓN.

SEGÚN ANITA, ESO ES BUENO.
EL MONSTRUO TENDRÁ SU GUARDIA
BAJA PORQUE CONFÍA EN QUE VOY A
OBEDECER. Y ESO ME DARÁ TIEMPO PARA
ENCENDER LA FILMADORA ANTES DE
QUE ME ATRAPE.

¡UY! LA PRÓXIMA PARADA DEL BUS
ES LA MÍA.

ESTOY LISTA PARA CORRER MUY RÁPIDO
POR LAS ESCALERAS DE CASA;
INCLUSO ME HE PUESTO MIS
ZAPATILLAS MÁS NUEVAS.

VIERNES

ANTES DE QUE LLEGUE MAMÁ

CREÍ QUE LO HABÍA LOGRADO.
CUANDO LLEGUÉ A CASA, ABRÍ LA
PUERTA CON PRISA Y CORRÍ RUMBO
A MI CUARTO SIN MIRAR LA SALA
NI LA COCINA. ¡GRAVE ERROR!

LA PUERTA DE MI CUARTO ESTABA
ABIERTA. Y YO NUNCA LA DEJO ABIERTA.

EL MONSTRUO ME ESPERABA EN MI
PROPIA HABITACIÓN. ESTABA RECOSTADO
SOBRE MI CAMA, CON EL TELÉFONO
ENTRE SUS MANOS.

ASUSTADA, EMPECÉ A GRITAR MIENTRAS
CORRÍA DE NUEVO POR LAS ESCALERAS.
ÉL SE DIO CUENTA Y SALIÓ TRAS
DE MÍ APENAS PUDO.

ME ESCONDÍ DENTRO DE LA ALACENA,
DEBAJO DEL LAVABO DE LA COCINA,
ANTES DE QUE ÉL ME ALCANZARA.

AUNQUE NO PODÍA VERLO, SUS PISADAS
SE ESCUCHABAN MUY FUERTES.
ADEMÁS, LLAMABA MI NOMBRE CON FURIA.

EN UN MOMENTO, OÍ QUE EL
MONSTRUO SALÍA AL JARDÍN TRASERO.
¡SUPE QUE ERA MI OPORTUNIDAD!

APURADA, REGRESÉ A MI CUARTO,
ENCENDÍ LA FILMADORA Y CERRÉ LA
PUERTA, SIN TRABARLA. NO QUERÍA
QUE EL MONSTRUO ME LASTIMARA.
NO QUERÍA QUE VOLVIERA ATACARME.
PERO SABÍA QUE DEBÍA PERMITIRLO:
PARA QUE LA TÍA LO PUEDA ENCERRAR
EL DOMINGO Y PARA QUE A MAMÁ Y
A MI HERMANITO NO LES PASE NADA MALO.

ME ARROJÉ DEBAJO DE LAS MANTAS Y
ESPERÉ... ÉL NO TARDÓ EN LLEGAR.

AY, ESTOY LLORANDO AL RECORDARLO.

NECESITO ESCRIBIR ESTO, PERO NO SÉ
SI PUEDA. ME SIENTO MAL, ADOLORIDA.
TENGO MUCHO MIEDO.

EL MONSTRUO NO TUVO PIEDAD.
ESTABA MUY ENFADADO. ME GRITÓ
INSULTOS HORRIBLES Y COSAS QUE
NO SÉ QUÉ SIGNIFICAN.
CREO QUE NUNCA ANTES HABÍA
LLORADO TANTO.

LLORÉ PORQUE EL MONSTRUO ME
LASTIMABA MUCHO.

LLORÉ PORQUE TENÍA MIEDO DE
QUE TAMBIÉN LASTIMARA A MAMÁ Y
A MI HERMANITO.

LLORÉ PORQUE ME ATERRABA PENSAR
QUE LA FILMADORA TAL VEZ NO
FUNCIONARÍA.

LLORÉ PORQUE NADIE PODÍA SALVARME
DEL APETITO DEL MONSTRUO.

LLORÉ PORQUE EL MONSTRUO LE DIJO
A MAMÁ QUE YO ESTABA CASTIGADA
(¡MENTIRA!) Y TAMBIÉN LLORÉ PORQUE
ELLA LE CREYÓ Y NI SIQUIERA
VINO A SALUDARME
CUANDO VOLVIÓ DEL TRABAJO.

SEGÚN ÉL, YO TENÍA PROHIBIDO SALIR
DE MI CUARTO Y NO TENDRÍA CENA.
LO DIJO PARA QUE MAMÁ NO SE
ENTERARA DE LO QUE HABÍA PASADO.

LLORÉ POR UN MONTÓN DE COSAS
DISTINTAS, Y AL MONSTRUO NO LE
IMPORTÓ. A MAMÁ TAMPOCO.

TENGO SUEÑO, CREO QUE YA ES
SÁBADO. ME ASUSTA DORMIR Y TENER
PESADILLAS, PERO ESTOY CANSADA.

SÁBADO

NO PUDE REVISAR LA FILMADORA
DESDE QUE ME DESPERTÉ.

EL MONSTRUO VINO A MI CUARTO Y
ME BAÑÓ ANTES DE QUE MAMÁ SE
LEVANTARA. TAMBIÉN LAVÓ LA ROPA
Y LAS SÁBANAS QUE ESTABAN
LLENAS DE LÁGRIMAS Y DE VÓMITO.
SEGURO DIRÁ QUE ME HICE PIS.

CREO QUE ME ENFERMÉ OTRA VEZ.

YA CASI ES HORA DE LA CENA.
TENGO HAMBRE, PERO TODO LO QUE
COMO LO REGRESO POR LA BOCA.
AL MENOS, HOY ES SÁBADO Y MAMÁ
ESTÁ EN CASA CONMIGO.

Y LA TÍA LLEGARÁ MAÑANA.
TODO SE SOLUCIONARÁ PRONTO.
DEBO CONFIAR EN MI SUPERHEROÍNA.

DOMINGO
ANTES DE QUE SALGA EL SOL

EL MONSTRUO ME AMENAZÓ OTRA VEZ HACE UN RATITO

YO ESTABA EN EL BAÑO PORQUE ME SIENTO MAL Y ÉL ENTRÓ SIN GOLPEAR.

ME DIJO QUE TENÍA QUE VESTIR PANTALONES LARGOS PARA QUE MAMÁ NO VIERA LAS MARCAS EN MIS PIERNAS. Y REPITIÓ QUE, SI DIGO ALGO SOBRE SU ATAQUE, MAMÁ Y MI HERMANITO VAN A LASTIMARSE.

LE PROMETÍ QUE SERÍA UNA BUENA NIÑA. ÉL LO CREYÓ.

NO SABE QUE PRONTO VENDRÁN LOS REFUERZOS DE LA ACOMA A ATRAPARLO.

CONFÍO EN LUCÍA.

DOMINGO
DE NOCHE

ME LEVANTÉ TARDE Y PASÉ EL RESTO DE LA MAÑANA MIRANDO POR LA VENTANA DE MI CUARTO A LA ESPERA DE LA TÍA.

NO SABÍA A QUÉ HORA IBA A LLEGAR. QUERÍA VER SU EJÉRCITO.

EN ALGÚN MOMENTO, ANTES DEL ALMUERZO, ME QUEDÉ DORMIDA. NO SÉ CUÁNDO FUE.

ME DESPERTARON LOS GRITOS DE MAMÁ.

NO ABRÍ LOS OJOS PORQUE ESTABAN PEGAJOSOS, PERO ESCUCHÉ PASOS EN EL CORREDOR Y LA PUERTA DE MI CUARTO QUE SE ABRÍA.

RECUERDO QUE ESCUCHÉ LA VOZ DE PAPÁ.
¡DE PAPÁ!

ESO ME HIZO SACUDIR LA CABEZA,
EL SUEÑO DESAPARECIÓ DE INMEDIATO.

Y, AUNQUE YO TODAVÍA NO
ENTENDÍA BIEN LO QUE PASABA,
SÉ QUE ÉL ME ABRAZÓ.
ME ALZÓ ENTRE SUS BRAZOS Y
ME DIJO QUE TODO ESTABA BIEN.

YO TAMBIÉN LO ABRACÉ
Y ME PUSE A LLORAR.

LUNES

AYER, MUCHÍSIMA GENTE ENTRÓ A MI
CASA EN LA TARDE Y EN LA NOCHE.
ALGUNOS NI SÉ QUIÉNES ERAN.

UN MÉDICO VINO A VERME,
ME OBSEQUIÓ UN PAR DE DULCES
Y DIJO QUE IBA A ESTAR BIEN,
QUE ÉL ME IBA A CURAR Y QUE
OTROS DOCTORES ME VISITARÍAN
PRONTO PARA CONVERSAR.

PARECE QUE TENGO ALGO QUE SE
LLAMA "NEUMONÍA ATÍPICA" PORQUE
MAMÁ NO ME LLEVÓ POR UNA VACUNA
QUE DEBÍAN DARME EL AÑO PASADO.

TRES POLICÍAS SE LLEVARON AL
MONSTRUO A CONFESAR SUS
ATAQUES A OTRO LADO.

LE PUSIERON BRAZALETES PLATEADOS
Y LO EMPUJARON ADENTRO DE UN COCHE.

PAPÁ ME DIJO QUE NO VOLVERÉ A VERLO, PERO OTRO SEÑOR LE PROMETIÓ A MAMÁ QUE SOLO LO ENCERRARÍAN POR LA NOCHE PARA PREGUNTARLE COSAS. NO SÉ QUIÉN MENTÍA. QUIERO CREER QUE PAPÁ DECÍA LA VERDAD.

LA ABUELA TAMBIÉN LLEGÓ COMO A LAS TRES DE LA MAÑANA, ESTABA EN CAMISÓN Y TODA DESPEINADA. SE QUEDÓ CON MIS PRIMOS Y CONMIGO MIENTRAS LOS OTROS ADULTOS VEÍAN EL VIDEO. ¡SE GRABÓ BIEN!

ESCUCHÉ QUE PAPÁ LLORABA Y QUE LE GRITABA A MAMÁ. LE DIJO COSAS MUY FEAS Y OTRAS QUE NO SÉ QUÉ SIGNIFICAN.

LA TÍA TAMBIÉN LE GRITÓ A MAMÁ, PERO LLORABA TANTO QUE NO ENTENDÍ NI UNA PALABRA.

TODAVÍA DISCUTÍAN CUANDO ME
QUEDÉ DORMIDA.

SOLO SÉ QUE EL MONSTRUO SE FUE.

ACOMA OBTUVO SU PRIMERA VICTORIA.

MIÉRCOLES

PAPÁ DICE QUE ME VOY A PODER IR A
VIVIR CON ÉL O CON LA ABUELA.
Y, AUNQUE ADORO A LA ABUELA,
A ÉL LO QUIERO MÁS.

EL PROBLEMA ES QUE PAPÁ SE MUDÓ
LEJOS Y NO PODRÍA VER A
JOAQUINA NI A LOS MIEMBROS DE
LA ACOMA SI ME VOY A SU HOGAR.
NO SÉ QUÉ HACER.

ÉL DICE QUE ME VA A HACER BIEN
ALEJARME DE ESTA CASA QUE TIENE
RECUERDOS DE MONSTRUOS MALVADOS.
TAL VEZ TENGA RAZÓN.

LE DIJE QUE LO PENSARÉ Y QUE
QUISIERA, AL MENOS, TERMINAR EL AÑO
EN LA ESCUELA A LA QUE VOY Y CON
MIS AMIGOS. NO ME AGRADARÍA MARCHARME
DE UN DÍA PARA EL OTRO COMO HIZO
ÉL CUANDO SE ENOJÓ CON MAMÁ.

VIERNES

PAPÁ Y YO HICIMOS UN TRATO. ÉL SE
TOMARÁ VACACIONES DE SU TRABAJO
Y SE QUEDARÁ CONMIGO EN CASA DE
LA ABUELA HASTA NAVIDAD.

VIVIREMOS LOS TRES JUNTOS
DURANTE ALGÚN TIEMPO.
¡SERÁ COMO UNA GRAN PIJAMADA!
PROMETIÓ QUE COMEREMOS MUCHA
PIZZA Y HELADO.

A MAMÁ LA VERÉ SOLO LOS
SÁBADOS, AL MENOS POR AHORA.
NO ENTIENDO MUY BIEN POR QUÉ,
PERO UN SEÑOR DE TRAJE EXPLICÓ
QUE ERA PARA CUIDARME MEJOR.

NO TENGO NI IDEA DE QUÉ PASÓ
CON EL MONSTRUO.

EN FIN, DESPUÉS DE NAVIDAD
DECIDIRÉ QUÉ HACER.

ME ENCANTARÍA QUEDARME AQUÍ,
CON MIS AMIGOS, PERO TAMBIÉN
QUIERO VOLVER A VIVIR CON PAPÁ
PORQUE SÉ QUE ÉL SIEMPRE ME
VA A CUIDAR Y A PROTEGER.

LA TÍA LUCÍA DIJO QUE ROBARÁ MI
IDEA DE LA FILMADORA Y QUE
ENCERRARÁ TAMBIÉN AL MONSTRUO
QUE SE DISFRAZÓ DEL TÍO.

ESPERO QUE LO LOGRE.

PROMETO QUE VOY A AYUDARLA
EN TODO LO QUE PUEDA, ELLA ES
UNA MIEMBRO HONORABLE DE LA ACOMA
(AUNQUE SEA ADULTA)

FIN

EPÍLOGO

A veces cuento mi historia a otros niños para darles valor y esperanza, para transmitirles la pasión que siento hacia mi profesión. Obvio que omito ciertos detalles, que disfrazo escenas que en la juventud no entendía y que ahora me hacen estremecer.

Quienes me escuchan suelen cuestionarme qué decidí hacer, si me fui o si me quedé en la misma ciudad. Quieren saber qué ha ocurrido con Joaquina, con Anita, con Manuel y con mis primos. Y con la tía Lucía, claro. Siempre les prometo que algún día les contaré el resto, aunque en realidad sé que no lo haré. No es tan importante, ellos han continuado con sus vidas y cada tanto nos reunimos.

En pocas palabras, supongo que podría resumir mi historia diciendo que me fui a vivir con papá. Él me contó que mamá lo engañaba y que por eso se había marchado en un ataque de furia; me explicó que el divorcio le consumió todos los ahorros y que estaba alquilando un departamento chiquito cerca de la playa (y no una casa) mientras ahorraba para mudarse a otro sitio que tuviera un cuarto para mí. Esperaba tenerlo antes de la siguiente Navidad.

La tía se vino a vivir cerquita de nosotros con mis primos y sin el monstruo al año siguiente.

Volví a fundar la ACOMA en mi nueva escuela para poder
ayudar a otros niños, pero allí la llamamos ACHMA,
¡es que me cansé de explicar por qué no le ponía "H"
a "Horrorosos"!

Hasta mi graduación, viajé una vez al mes, sin fallar
nunca, para visitar a mi familia y a mis amigos.
Luego, ya no pude hacerlo tan seguido.

Manuel y Anita se casaron hace un par de años,
ella es estéril y están atravesando el proceso de
adopción. Con Joaquina perdí el contacto porque
se fue a una universidad lejana; la encontré en
redes sociales hace tres meses y planeamos
reunirnos en un café cuando regrese de no sé
dónde (viaja mucho).

¿Y el monstruo? No volverá a molestar, es lo único que
necesitan saber. Su historia es demasiado extensa
y no vale la pena explicarla. Entró a la cárcel,
salió y volvió a entrar. Y allí se quedará.

El trabajo me mantiene ocupada, en especial porque
me apasiona mucho lo que hago. A veces continúo con
mis tareas en fines de semana o durante las madrugadas.
¡No puedo evitarlo!

Agustín, mi hermano menor, dice que un día mi marido
se aburrirá y me dejará sola, que tenerme paciencia
a mí es complicado. Y, aunque en eso último tiene
razón, sé que solo bromea.

Mi esposo y él se llevan de maravilla, después de todo.
Ambos conocen mi historia y me apoyan al 100 %.

Para sorpresa de mis padres, decidí convertirme en
asistente social apenas me gradué del secundario.
Considero que mi misión en la vida es ayudar a otros
chicos que también conviven con monstruos.
Los salvaré de la misma forma que a mí me hubiera
gustado ser salvada. En la adolescencia consideré ser
policía, abogada y maestra, distintas profesiones
que me permitieran cuidar a los más débiles.
Al final, opté por la que me pareció más útil.

Desde mi trabajo puedo luchar contra los monstruos,
en especial porque siempre he sabido reconocerlos.

Dos veces al mes doy charlas como voluntaria en
escuelas públicas. Hablo a los alumnos sobre los
monstruos y sobre sus crueldades. Les explico que
no deben temerles a aquellos que se esconden bajo las
camas o en los roperos, sino a los que se disfrazan
de personas buenas.
También les enseño mi lista infalible para identificarlos.

A los padres y profesores que asisten a mis charlas les
hablo sobre la importancia de prestar atención a las
palabras y a los signos que los niños nos dan.
A los dibujos. A los temores. A las inseguridades.

Cuando algún pequeño me dice que no entendió nada
de lo que expliqué, sonrío.

Significa que vive en una casa libre de monstruos.
Cuando alguno llora, lo separo del grupo para hablar
en privado.

Sé que hay adultos que se opondrán siempre a que yo
trate estos temas con los más pequeños, pero eso no
me detendrá. Los jóvenes necesitan tener esta clase
de información para estar a salvo. Deben saber cómo
protegerse, cuándo recurrir a un adulto y en qué
sitios buscar ayuda.

Cualquier persona que se resista a educarlos en estos
temas es, a mis ojos, un posible monstruo.
Tengo la costumbre de sospechar de mucha gente;
sé que es paranoia, pero no puedo evitarlo.

El ejército nacido de la ACOMA —o ACHMA—
crece a diario.

En cuanto a mi familia, Agustín pronto terminará el
secundario y asegura que quiere seguir mis pasos en la
universidad, ¡me enorgullece! Sé que lo hace porque,
en el fondo, teme parecerse a su padre, al peor
monstruo que he conocido.
Le preocupa que los comparen o que la maldad un día
despierte en su interior.

Yo sé que eso no ocurrirá, Agustín es un gran hombre.
Se lo he dicho millones de veces, aunque él no me crea.

Y, de la misma forma, él me ha dicho millones de veces que yo seré una buena madre, que no permitiré que los monstruos acechen a mi pequeña. Eso no quita que la preocupación esté instalada en mi interior.

Estoy aterrada por la llegada de la maternidad.
El embarazo me llena de alegría y de temores.
Espero algún día poder ser un mejor ejemplo de madre que el que tuve en mi infancia. Y no, no la culpo a ella por lo ocurrido, sé que nunca tuvo malas intenciones. Aprendí a perdonarla para poder seguir adelante.

Es solo que yo quiero ser otra clase de persona, quiero anteponer la felicidad de mi familia antes que la mía propia.

Quiero ser un buen adulto, no un monstruo.

¡Lucharé siempre contra ellos!

¡Yo sí creo en monstruos!

¿Y tú?

YO

MIEMBROS

PAPÁ

RICKY

JOAQUINA

MANUEL

LUCÍA

ANITA

ROXY

BARBI

AGUSTÍN

DÉBORA HUENTRUL
@FANTAGORIA_

NATHALIA TÓRTORA
@UUTOPICAA

VALENTINA RIVAS
@__MISS_PERFECTION__

IAN RIVERA
@MOONCREATIVE

GEORGINA
@ZHEIK_BK

ISIDORA
@NOMBRE_ALEATORIO_

GABRIELA RESTREPO
@MONREHI

ROTCEH CASTRO
@ROTCEHCASTRO

VICTORIA MANSILLA
@V-M-MANSILLA

AILIN FINOL
@ARI_F_FAN

MIREYA MURILLO MENÉNDEZ
@WRISTOFINK

MIEMBROS

ACOMA

ROSA BENITEZ
@ROSS_31

ELIZABETH
@MORGANASS12

CAMILA RUIZ
@C_R_GRIMALDI

DAYANA PORTELA
@DAYANAPORTELA

RAQUEL
@RA2175

MARI GUZMAN
@MOON13-

EMMA HUERTA
@LUCILLE-25

PAMELA Q.
@HFFTCBUK

BELÉN
@MENTA-DULSE

VANESSA BARRIOS
@VANESSA-1904

GISSEL VAZQUEZ
@KSOOKIE1997

ANA VICTORIA MIRANDA
@MIRTTE

ROCÍO GALLEGO
@ROBELUGALLEGO

GUADA ABI
@CHAOTICGIRL_

LIZBETH GONZÁLEZ
@STRAWGARRATE

KARLA JAZMÍN
@KJAZMINBR

CELESTE
@CELESTETAPIAGMEZ

PAOLIZ MORALES
@PAOMORALES12

DANIELA BLANCO
@DANIBLANCO05

JOE RESCH
@JOERESCH

CAMILA
@FOGSTORM

CHIQUINQUIRA MONTILLA
@FLORP8988

PAOLA
@PAOLAGALLEGOS1_

JOHELIS
@CHOCOLATE4790

JOSELYN
@JOSELYNALDUCIN

ZELDA
@ZELDASULLY14

LUNA
@CHXMICALBOND

DANIELA UMBRIA
@LADYPERVERSION69

DORIAN MÁRQUEZ
@PANDAPOKER

MAITE
@MAITUSCIARA

ANGELIQUE MICHELLE
@AJULYNIGHT

ADA JIMÉNEZ
@ARASSHA

ADAMARIS
@TOSHIRO_GEKKO

CLARISSE LITARDO
@VALERIALITA1244

YARELY MENA
@YARE_MENA

CELIA BALLESTEROS
@CELIABALLESTEROS2

ELIAN VARGAS
@UNALIENSINRUMBO

YALILE B.
@YAL130

JOHAYSY GUTIÉRREZ
@ZCHO193

GISELLE CASTILLO
@GISCASI

JULISSA RUIZ
@MOONLIGHTF99

GERALDINE VÁSQUEZ
@GARDENIA_ETEREA

CAMILLÉ PÉREZ
@LINOTHELEDIANAE

KENNETH NAVARRO @KENNETHMROITH	**JAEL CÁCERES** @RINCI1120
ISABELLA N. @ISASNBOOKS	**SOFÍA PAOLA TORRES** @-SOMEON3
CRISTINA @KITITA23	**ABIGAIL ASTORGA** @NEKOABI15
JAEL MAYORGA @JAELBECKY1307	**VALERIE** @AUTORA_DENOTAS
NAHIARA SOSA @KENDYWYANNE24	**YAMNA** @BXBBLEGUM_B
LUZ RIVAS @LUZERIVAS	**MINA PELOZO** @AIKOLOVELY
JUHEINY PÉREZ @HEINY_01	**LOURDES VALENZUELA** @-BOLITADEGRASA-
KELVIN JOSUE CARBAJAL @KELVIN_JOSU4	**NAIARA PHILPOTTS** @NAIIPHILPOTTS

CARTA A LOS LECTORES

Gracias por llegar al final de la historia. Me quedan todavía algunas cosas para contarles, espero que puedan tomarse algunos minutos para leerlas.

Antes que nada, me gustaría agradecerles por haber acompañado a nuestra pequeña niña, por haberse unido al ACOMA —o ACHMA— y por decir en voz alta: "¡Yo sí creo en los monstruos!".

No imaginan qué tan hermoso se siente saber que, del otro lado del texto, hay un puñado de personas que son (o que un día serán) adultos atentos y bondadosos. Confío en que no permitirán que un monstruo se apodere de ustedes ni de sus hogares, que no dejarán que los monstruos se aproximen a sus seres queridos.

Gracias.

Y, ya que estoy escribiendo esto, aprovecho para responder una pregunta que me hicieron varias veces: **¿La protagonista tiene nombre?** No, no lo tiene. Tampoco le he dado una edad exacta.

Me gustaría que no asocien esta historia con una niña en particular, sino que el relato les evoque la imagen de otros tantos pequeños que están en su situación.

Ella podría ser una hermana, una hija, una sobrina, una vecina o, quizá, un reflejo de ustedes mismos. Tal vez no es una niña, tal vez es un niño o un adulto. Cualquiera puede ser una víctima.

Espero que, al pensar en la historia, recuerden que, lamentablemente, el mundo está lleno de monstruos y que muchas personas deben luchar contra ellos a diario, sin que nadie los proteja.

Los monstruos vienen en múltiples formas y tamaños, el catálogo es amplio.

Por esto mismo es que otros personajes de la historia —incluyendo a la madre de la niña y a al mismísimo monstruo— no llevan nombre. He sido muy quisquillosa a la hora de seleccionar quiénes necesitaban una identidad particular y quiénes eran un colectivo, una representación de un rol en general.

Jamás entenderé cómo es que, muchas veces, aquellos que deben cuidarnos son los que nos lastiman y los que ignoran nuestros pedidos de ayuda.

Den una mano siempre que puedan. No es necesario ser un profesional en temas delicados para hacerlo. No miren hacia otro lado. No duden de las palabras de los que sufren. Presten atención a lo que dicen, a lo que hacen, a cómo se expresan. Crean en sus reclamos, confíen en ellos en lugar de en los monstruos.

Si todos los adultos creyeran en monstruos y protegieran a los pequeños y a los más débiles, el mundo sería un sitio mucho mejor. Las personas tendemos a anteponer nuestra propia felicidad, también tendemos a creer que los niños mienten para llamar la atención; en ocasiones no tomamos en serio a las víctimas y no creemos sus palabras. Nuestros prejuicios nos hacen pensar que es imposible que ciertas personas que apreciamos sean monstruos, estamos cegados y en negación al respecto. No vemos lo que hay debajo del disfraz.

Hay que abrir los ojos! Por favor, nunca duden de una posible víctima. Jamás se unan al bando de los monstruos.

Gracias de nuevo por estar del otro lado, por todo el amor que le brindaron a la protagonista de la historia. Ella también se los agradece desde el fondo de su corazón.

Como muchos se lo deben estar preguntando, les cuento que, por fortuna, yo no he tenido grandes encuentros con monstruos en mi vida personal y que los eventos de esta historia son 100 % ficticios. Pero eso no quita que me duela la existencia de estas criaturas. Algunos de mis seres queridos han sido atacados en el pasado y sus relatos me destrozan.

Por cierto, antes de cerrar esta nota ¿me permiten pedirles un par de favores?

El primero es que nunca se conviertan en monstruos.

El segundo es que nunca dejen de creer en ellos.

El tercero es que cuiden a los niños y a los más débiles, que estén atentos a ellos.

El cuarto es que, si La niña que luchaba contra monstruos les pareció una buena historia, la recomienden. No porque yo busque popularidad, sino porque me encantaría que más personas pudieran decir: "Yo sí creo en los monstruos". Deseo que el mensaje llegue a tanta gente como sea posible-

¡Nos vemos pronto!

-Nathalia-
uutopicaa

¡Y UNA COSA MÁS!

Los nombres que aparecen en el listado de miembros de la ACOMA pertenecen a los lectores que apoyaron esta historia en Wattpad y a las personas que me ayudaron a gestar esta autopublicación.

¡Gracias a todos por el apoyo!

Si ustedes acaban de llegar al relato, pueden aprovechar el espacio en blanco que queda al final del listado para añadir sus propios nombres.

LA AUTORA

Nathalia Tórtora nació casi a las 5 a.m. de una madrugada de 1991, hecho que la condicionó a ser tremenda insufrible desde su llegada al mundo.

Estudió en el Colegio Santo Domingo desde inicios del jardín de infantes y hasta la fiesta de egresados, de la que se retiró una hora luego de que comenzara porque tenía mucho sueño.

Entre el 2010 y el 2014 estudió en la Universidad del Museo Social Argentino. De alguna forma, logró graduarse de la Licenciatura en Museología y Gestión del Patrimonio Cultural con las mejores notas de su promoción —que, cabe destacar, tenía solo siete alumnos—.

Nathalia reside en Nueva York desde mediados del 2015. Se ha especializado en corrección editorial y en escritura creativa.

Sueña con poder redactar un buen libro en algún momento de su vida, pero no sabe si lo logrará. Y, mientras espera que la idea para su obra maestra aparezca en su mente por generación espontánea, se ceba unos buenos mates amargos y redacta historias breves.

El día en el que dejen de vender yerba en EEUU, volverá a Argentina para no morir de abstinencia.

Pueden encontrarla en **www.uutopicaa.com**
También como **@uutopicaa** en redes sociales